書くのがしんどい

流量寫作密碼

日本暢銷書編輯破百萬點閱的寫作指南，
自媒體時代必備的寫作力

竹村俊助——著
謝敏怡——譯

寫作，
是不是讓你很痛苦？

想寫點東西，卻又**不知道要寫什麼！**

就算動筆了，也會寫一寫**不知道自己在寫什麼！**

明明希望文章淺顯易懂，**別人卻說「看不懂」！**

花了很多時間寫的東西，**卻沒有什麼人看！**

「這個內容有趣嗎？」**內心總是忐忑不安！**

就這樣寫一句刪一句，寫一句刪一句……越寫越煩。

眼睛越來越瘦，手越來越痛。

雖然大家都說「我手寫我口」……

雖然大家都說「寫人家想看的東西」……

但寫作這件事情，好像讓人相當痛苦。

但你不需要
再煩惱了！

我找出寫作讓人「痛苦」的原因，並為大家準備了解決方案。
在本書中，將介紹我十年編輯生涯，
所鍛鍊出來的**寫作技巧和知識**，
「讓所有人都能樂在寫作」。

讀完這本書後，你的心態應該會從
「寫作好痛苦」變成「寫作好快樂」！

從今天開始成為「寫作高手」，改變你的人生！

目次

前言 人人都能掌握流量寫作密碼——015

第1章
沒東西可寫，好痛苦
動筆前的「資料蒐集」和「思考方法」

不寫自己的故事也沒關係——028
「動筆」前，先「取材」——034
就像是水庫儲水那樣，好好做筆記——043
在「寫」之前，先好好磨練「傾聽」的技術——047
不要一開始就追求「完美」——053

醞釀寫作題材，讓內容更豐富——060
寫不出來，九〇%是因為「想太多」——063
專欄 一切都從「企劃」開始——070

第2章 表達不清楚，好痛苦

寫出「淺顯易懂文章」的基本原則

你的文章好懂嗎？判斷條件只有一個——076
一句話越精簡越好——081
不要讓文章變得像濃縮咖啡——088
如何幫文章減去「多餘的脂肪」？——092
思考「文章段落的安排」——101
「有邏輯」就是「很好懂」——105
讀者有多少「背景知識」？——110

先說「結論」——113
文章有無「重心」？——118
專欄　讓取材和撰稿更方便的七大工具——124

第3章

文章沒人看，好痛苦

讓文章「觸及到更多人」的方法

文章「沒人看」很正常，所以……——128
你想寫的東西，讀者想看嗎？——132
如何設定目標讀者？——139
成為「天真的書寫者」和「嚴厲的編輯」——144
萬年不敗！五大主題，讓對方認為是「自己的事」——148
牢牢抓住讀者的閱讀動機——153
讓文章跟上「趨勢潮流」——157

好文章是給讀者的「情書」——159
專欄　文章寫得好，請託和談判能力也會提升——164

第4章

內容好無聊，好痛苦

讓單調的文字「動起來」，要這樣寫

只有「資訊」，是沒有價值的——170
有趣的文章「共鳴八成，新知兩成」——176
文章有「副歌」嗎？——188
「專有名詞」讓文章的魅力倍增——193
文章「開頭」就要先發制人——199
兩大技巧，讓文章「有滿滿的料」——205
成為「比喻」高手——209
「換個順序」，印象大不同——215

「標題」〇・二秒定勝負——224
專欄　嚴禁惡用！打造洗腦文的方法——232

第5章

持續不下去，好痛苦

養成「寫作習慣」的方法

只讀滑雪指南，也不會成為滑雪高手！重點是……——240
「追蹤者」是最強的「編輯」——246
好處說不完！寫作的人，都應該去申請推特帳號——250
描繪「願景」，發文吧！——256
你的推特，要像一本「有趣雜誌」——260
打造讓人信任的個人檔案——265
專欄　十個專注寫稿的必勝法——272

第6章 寫作，可以改變人生

開始寫，就對了！

一個最有利於「寫作高手」的時代 280
不好好表達，就沒人聽你說話 285
讓大家認識你，工作自己找上門 287
副業、複業，也都必須從「書寫」開始 290
專欄 如果你是老闆或公關，寫這個就對了 300
後記 用文字，改變世界 307

前言
人人都能掌握流量寫作密碼

老實說，寫文章一點也不難，每個人都會。

突然這樣說可能讓人很困惑，但這是真的。

請想想看。

你應該傳過LINE的訊息。

或是在網路上發布過貼文。

工作時也寫過電郵。

搞不好曾經寫過商家評價。

沒錯，**大家每天或多或少都在「寫東西」**。

但想要「寫點東西」「發個文」的時候，你是不是就會停下筆卡住了？

會寫LINE的訊息，卻不會寫長篇文章。

能在網路上發文，卻寫不出來正式的文章。有辦法寫電郵，卻沒辦法寫專欄或評論。明明都是「寫東西」，有什麼地方不一樣？

大部分的人說「不會寫文章」時，大多是覺得自己的寫作能力不足。但大多數的人應該都會寫作，只要提筆就會寫了。

其實寫不出文章的原因，並不在於「寫作能力不足」。

寫不出文章的原因當然有很多，但問題最主要是出在「心理因素」。**寫不出來的原因，就在於對寫作的看法和心態，也就是心理因素。**只要改變心態，任何人都有辦法寫作。

越是想寫，越是寫不出來的謎團

具體而言，「心理因素」指的是什麼？

詳細就留待後文討論，這裡先列舉兩點說明。

「好，動筆！」大部分的人打起精神準備提筆時，都想在「心中」構思出文章。

在腦中思考著「有沒有什麼有趣的東西可以寫？」「有沒有更優美的表達方式？」勉強寫了第一句後，卻卡住寫不出來。

寫一句刪一句，寫一句刪一句……就這樣來來回回，最後覺得「我沒有寫作的才華」，放棄寫作。

但**這種「得生點東西出來」的想法，根本就是錯的**。

因為我們心中其實什麼東西也沒有。

少數才華洋溢的作家，可能閉著眼睛也能構思出作品。他們信手拈來就想到好點子，手便很自然地提起筆來。

但是對普通人來說，那是相當困難的事。

我本來就覺得，社會對「寫作」這個詞的看法不太正確。

因為「文章」、「寫作」、「書寫」，這些詞彙並沒有「目的性」。

因此，一旦寫作本身成了目的，寫不出來也是很正常的事。所以才會越是想寫，越是寫不出來。

重點不在於「想寫什麼」，而是「想表達什麼」。

無論是寫電郵還是傳ＬＩＮＥ訊息，都是想傳遞訊息給別人，所以能夠自然而然就「寫出東西來」。

沒有人會在傳ＬＩＮＥ的時候，在心中下定決心，「好，我要來寫ＬＩＮＥ了！」相反的，因為有事想聯絡對方，如「電車停駛，我會遲到」，於是很自然就寫出來。

寫作的第一步就在於，建立起「想表達想法」的心態。只要你有想表達的觀點，不必用力構思，自然就會文思泉湧。

不要從零開始寫

寫作還有一個特點就是，「從零開始生出文章」很難，但「修改既有的文章」不難。

大部分的人都有評論他人文章的能力。

每個人應該都有辦法提出指正，像是「這裡『語順』怪怪的。」或是給予朋友意見，「這裡讀起來不太通順，把想表達的重點精簡成一個比較好。」

也就是說，只要有辦法評論文章，寫文章就會變得非常簡單。

換言之，只要一人分飾兩角，同時扮演作者和編輯就行了。

一開始寫得亂七八糟也沒關係，不要想太多。把想表達的東西先一口氣寫出來，然後再切換成冷靜的「編輯」角色，修改並校潤文章。

這樣做，便能夠獨自完成有一定品質的文章。

我過去是書籍的編輯，編過五十本以上的書。

擔任編輯時，我「批改」了作者和撰稿人所寫的文章，像是給予意見或直接修改，而且絕大多數情況都是「重新改寫」別人的文章。

我本來也不是很喜歡寫作，甚至可以說很不擅長，從來沒想過自己會靠「搖筆桿子」過活。

但是從不斷修改別人文章的過程中，我學會了如何「寫作」。「雖然從零開始寫很困難，但修改既有文章，這類型的『寫作』我應該做得到。」察覺到這點之後，我便不再抗拒寫作。

覺得自己不會寫東西的人，第一步要做的，是先調整心態，從「好，我要下筆了」，到「好，我要好好表達」。而且寫作並不是「從零開始」，而是「總之先寫出來，再慢慢修改，完成文章」。

這樣想，應該可以讓寫作變得不那麼困難。

我找到「寫作讓人痛苦」的原因了

在我超過十年的編輯經歷當中，常常遇到作者提出這樣的困擾：「我寫得很不順，該怎麼辦才好？」

過去我主要是編輯商業實用書，作者都是老闆或是商務人士，並不是以寫作維生。那些非「寫作專家」的人，怎樣才能寫出東西？再加上，最近自己必須動筆寫東西的機會變多，讓我不斷摸索「如何用輕鬆又簡單的方式寫作」。

我從中找出五個寫作讓人「痛苦」的原因，如下頁圖所示。這五個痛苦原因一個一個攻破後，便能抵達「寫作讓人快樂！」的境界。

第一章要克服的問題是**「沒東西可寫，好痛苦」**。沒東西可寫，當然就寫不出來。但寫作的題材要怎麼找？又為什麼會找不到題材？第一章會回答大家這些煩惱。

第二章是**「表達不清楚，好痛苦」**。文章寫是在寫了，卻表達得不清不楚，還被別人說「你的文章很難懂」。有這樣煩惱的人，我會具體告訴你「寫出淺顯易懂文章的訣竅」。

第三章是**「文章沒人看，好痛苦」**。這裡將問題往上拉到更高的層次。畢竟，即便寫出淺顯易懂的文章，如果沒人看一點意義也沒有。因此在第三章，將說明如何讓「更多人」閱讀你的文章。

寫作好痛苦

CHAPTER 1
沒東西可寫，
好痛苦

CHAPTER 2
表達不清楚，
好痛苦

CHAPTER 3
文章沒人看，
好痛苦

CHAPTER 4
內容好無聊，
好痛苦

CHAPTER 5
持續不下去，
好痛苦

↓ 閱讀本書後……

寫作好快樂

找到
寫作題材

文章
淺顯易懂

有很多人
閱讀

打動
讀者的心

養成
書寫習慣

第四章是**「內容好無聊，好痛苦」**。

就算別人讀了自己的文章，如果被評道「好無聊」，會讓人很哀傷。在第四章，我將介紹如何提升文章的魅力，讓人讀得津津有味的方法。

第五章是**「持續不下去，好痛苦」**。就算寫了幾篇文章，若持續不下去，寫作的動力便會減半。第五章將介紹養成書寫習慣的技巧。

我認為，要提高寫作能力，推特是很有效的工具。因此，第五章主要是討論如何運用推特，來精進寫作技巧。對不知道該怎麼運用社群網站的人來說，第五章應該可以提供一些提示。

第六章則是再次說明寫作的力量和好處，給予「寫作好痛苦」致命的一擊。在讀完這本書後，各位的心態一定會變成**「寫作好快樂」**。

「寫作」的魔法人人有效，而且效果無窮大

提升寫作能力，你工作的品質也會跟著提升。

如果能夠寫出淺顯易懂的電郵，溝通不僅會變得更順暢，衝突減少，公司內外對你的評價也會越來越高。

假如擔任業務或公關，說不定可以寫出「讓商品大賣的文案」。

若是身為經營者，可以清楚傳達自己的思想和理念，不僅能提振員工士氣，也更容易找到優秀的員工。

而且，**寫作擁有改變人生的力量**。

一直以來我都覺得「寫作好痛苦」。雖然身為圖書編輯，不得不舞文弄墨，但我從來不是「想自己動筆寫東西」的人。

然而，在我發現寫不出來的原因，並逐一克服之後，我變得越來越喜歡寫東西。我還使用推特和部落格note等網路工具，在網路上發表文章、傳遞訊息。

結果，寫作徹底改變了我的人生。

原本我的推特帳號連五千個追蹤者都不到，過了半年，增加到一萬人以上（二〇二〇年七月為三．七萬人），成為我創業的一大動力來源。

我在note部落格，主要是從編輯的角度來談「如何寫文章」和「如何做企劃」。**結果獲得許多讀者的迴響，累積一百五十萬的瀏覽次數。**

寫作讓我變得很有存在感，不只是出版界，就連網路社群和廣告業界也來問我「可以請你寫這個主題嗎？」「您對這樣的工作有沒有興趣？」甚至也接到公關性質的工作邀約，像是協助公司經營者做宣傳等等。

這讓我相信「寫作會帶來強大的力量，而且今後寫作的價值會不斷增加」，因此以「用文字精準表達」為核心理念，成立了公司。

「寫作」不但可以改變日常工作、職涯發展，甚至能改變人生。

「寫作」的魔法人人有效，而且效果無窮大。

希望閱讀本書的你，也能克服「寫作好痛苦」的障礙，感受寫作的力量。

竹村俊助

二〇二〇年七月

第 1 章

沒東西可寫，好痛苦

動筆前的「資料蒐集」和「思考方法」

不寫「自己的故事」也沒關係

很多人都說自己「沒有東西可寫」，很煩惱。

「我很清楚文字輸出的重要性，但我沒有東西可以寫！」

「我想每天寫文章，但要寫什麼才好？」

常常有人找我商量這樣的煩惱。

而煩惱「沒有東西可寫」的人，他們有個共同點：那就是想要寫「自己的故事」，覺得一定要從自己身上找出故事來寫。

然而，就算自己沒有「故事」，也能傳遞訊息。**不用想辦法生出故事，先寫別人的故事、周遭的故事就可以了**。

就像是〈前言〉有稍微提到，自己心中其實什麼也沒有。

接下來要講的東西可能有點偏哲學。事實上，「自己」是相對於「他者」而成的。

比方說，假設你想介紹自己，可能會這樣說：「我出生於○○縣，在某某公司上班，住在○○的城鎮上。」這個時候，你所提到的出生地、公司、居住地，都不是「自己」，而是「他者」。

每次你想談論自己，都一定會從他者的角度來講述。甚至可以說，**透過講述他者，「自身的輪廓」會變得越來越清晰**。

不需要成為「內容產生器」，只要成為「媒體」就行了

我自己發文時，就常常寫從別人那裡聽來的故事。

例如，「所謂的愜意，也就是生活有質感。」這句引發熱烈迴響的推文，就是我從基督教姊妹那兒聽來的。

另外，以研究自律神經而聞名，順天堂大學的小林弘幸老師說過，「人的忍耐是有限度的。」我非常認同，把它發到推特上後，結果爆紅。

寫自己很難，但可以試著把周遭的事，和觸動心靈的瞬間寫出來。

如果媽媽的言行很有趣，就寫出來。職場上有特立獨行的同事，就寫那個人的故事。或是，寫從書上讀到的工作技巧，或從別人那裡聽到的故事也可以。只要把想表達的東西，一點一滴寫出來就對了。

我們活著，一定會從別人那裡得到啟發，所以只要把得到的啟發寫出來就行了。

也就是說，人人都是「媒體」。

但「媒體」想成為「內容產生器」是行不通的。**寫不出來時，該審視的不是「內部因素」，而是「外在因素」**。

講到「寫別人的事情就可以了」，有時會碰到有人問我「那樣不是抄襲別人的點子嗎？」沒那回事。拿別人說的話，假裝是自己想出來的，當然不行。但如果明白指出「那是我聽來的」，就沒問題了。

資訊本來就很氾濫，想要傳遞「獨一無二的嶄新東西」是相當困難的事。在這樣的時代，「是誰說的」會比「說了什麼」還要重要。也就是說，透過獨一無二的「你」傳遞的訊息，是有意義的。因此，「這個故事是從什麼觀點出發？」「這個故事是什麼樣的人所說的？」「針對這件事你有什麼樣的感受？」才是重點所在。

如果人生是一本雜誌，你就是「人生的主編」

我的心中沒有「想傳遞給眾人的強烈訊息」，也沒有特別想要向社會提出什麼訴求。

我當然希望「世界和平」、「大家相親相愛，共榮共好」。但不至於強烈到走上街頭演說、大聲疾呼「世界和平」，或是在部落格奮筆疾書。

大部分的人應該都跟我差不多？「我的確想寫點東西，但並沒有特別想提出什麼訴求。」

我只不過是想要傳達「有人非常有趣」、「有這樣的發現」、「這非常有用」的訊息而已。

「寫不出來」的人，建議把心態從「作家心態」，切換到「編輯心

態」。作家心中若沒有想傳遞的內容，恐怕會寫不出來，但編輯只要有「向誰傳達些什麼」的念頭就夠了。

假如人生是本雜誌，人人都是人生的「主編」。因此，尋找有趣、有用的故事，蒐集起來就對了。

「寫作」就像是「編輯」，因為我們只不過是把已知的資訊和文字，組合成文章而已。

我的工作是「寫」文章、「寫」書。常常有人問我「您是撰稿人」嗎？但在我心中，我認為「編輯」最貼近我的身分。因為如果沒去做訪談，沒有訪談逐字稿等資料，我根本寫不出東西來。

我不擅長從零開始，無法只靠自己生出文章。我會跟訪談對象天南地北地聊，取得寫作材料。所以我只不過是「編輯」蒐集來的材料，以撰稿人自稱實在有點奇怪。

請試著**站在「編輯」而非「作家」的立場，以「編輯」而非「寫作」的心態**，來編修文章看看。

過去的「書寫」

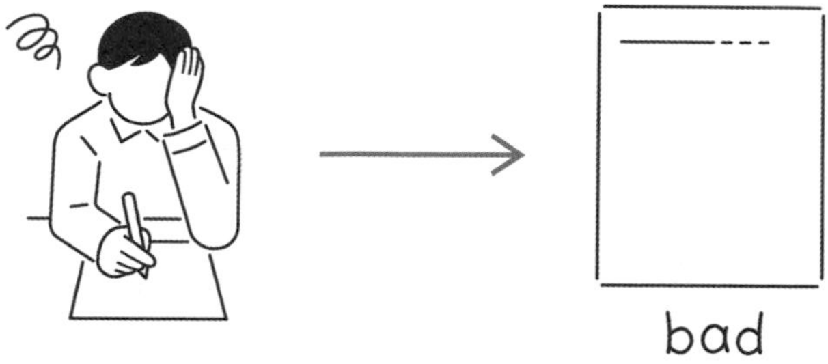

想「從零開始」寫出文章，好痛苦。

今後的「書寫」

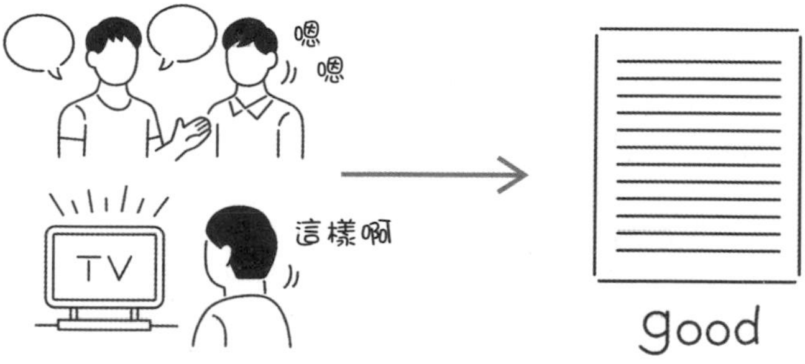

編輯蒐集好的材料，好快樂！

「動筆」前，先「取材」

在「動筆」之前，必須先「取材」。

就像是沒有料，就沒有辦法握出壽司。**沒有料，就寫不出文章**。

如果沒有取得寫作的材料，就算下定決心「好，下筆！」也寫不出來。

這聽起來很理所當然，但很多人就是卡在這裡動不了筆。所以在哀怨自己寫不出來之前，先看看自己「有沒有蒐集好資料？」「有可以拿來寫的材料嗎？」

很多人常常拘泥於「文字表達的形式」，煩惱「該怎麼表達才好？」「怎樣才能寫出詞藻優美的文章？」

但如果有時間煩惱那些，不如把時間拿去挖掘寫作的材料。

若故事一點也不有趣，就算文句寫得再怎麼優美，也沒有人想要看。無聊的內容，傳遞出去讀了也還是無聊。

沒有料，就寫不出文章

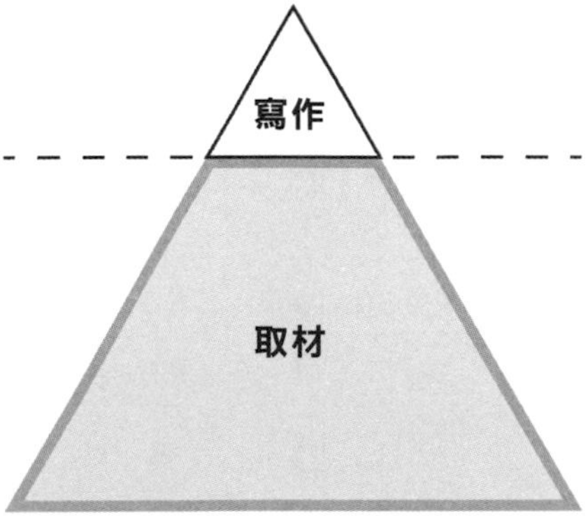

寫作是立基於「資料蒐集」之上

而漂亮的文章讀起來可能非常流暢，卻有可能過目就忘。相反的，就算文章讀起來有點怪怪的，文法也有錯誤，但只要內容有趣，就會有人想看。

有趣的文章，內容有趣；無趣的文章，內容一點也不有趣，就這麼簡單。

當然也有很多寫作技巧，可以讓文章讀起來變得有趣，但那是最後手段。沒有有趣的材料，就成就不了有趣的文章，所以我們必須盡全力「取材」。

建立起「取材心態」

雖然說是「取材」，但我們不需要像新聞記者那樣，隨身帶著數位錄音筆和相機。只要帶著「這是取材」的心態就夠了。

比方說，去到一家拉麵店，如果沒有抱著取材的心態，可能吃完就回去了。寫出來的文章可能長這樣：

今天去吃了拉麵，很好吃。

如果只是做紀錄或是寫日記，這樣寫當然也不是不行。但若是要給別人看的，文章寫成那樣恐怕是不行的。

這時，若保持著「我是去取材」的心態走進拉麵店，就可以察覺到很多東西。而寫出來的文章，味道也會變得不太一樣。

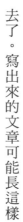

拉麵非常好吃。只有一個地方讓人有點在意，就是老闆上菜時手指插到湯裡。

那間拉麵店的牆壁上，貼著一張金句海報——「人生就像是濃郁湯頭。」為什麼拉麵店喜歡貼金句的海報？我只是想吃碗拉麵而已，把自己的人生觀強壓在別人身上的店，讓人有點喘不過氣。

抱著取材心態時，挑選拉麵店的方式應該也會有所改變。

比方說，去坐落於商店街之外，看起來有點落寞的拉麵店試看看，而不是選連鎖店。挑看起來門可羅雀，老闆總是在看報紙的拉麵店去吃，反而能刻意挑挖到寫作題材的寶庫。就算遇到「不知為何老闆叫我幫忙」、「被趕了出去」這類事情，也會是極佳的寫作材料。

對各種事物敏銳的人適合做「取材」

「極為敏感的人」、「神經質的人」、「容易感到不對勁的人」，是擅長取材的人。相反的，「無論吃什麼、做什麼，都沒有任何感想」、「對社會一點情感也沒有」的人，恐怕很難找到寫作的材料。

遇到一點小事就感到煩躁、注意小細節的人，可能活得很痛苦，但那些情緒都非常適合拿來當寫作的材料。

此外，當心中閃過一個念頭，就停下來思考，也很重要。

比方說，去看「梵谷」這類藝文展覽時，進到展間後，通常都會有類似前言的介紹文章。像是：梵谷生於何時，展覽獲得某某財團的贊助，諸如此類的內容。然後有二十幾個人圍在那邊讀。

「看那有什麼意義嗎？」我總是這麼想。

如果大家圍著看畫，還比較能理解。但文章只要印出來發給大家，想看的時候就拿出來看，刊登在網路上也行，用聲音或影像的方式播放也可以。大家卻擠成一團看「前言」。

的確，在展場看那些訊息，可能有道理。但我敢說，應該有不少人的想法是，「既然都花錢來看展了，就要把所有的東西都看過去才夠本。」**一旦你覺得「這個有什麼意義嗎？」就筆記下來**。覺得不對勁卻默默接受，那個不對勁就會變成「理所當然的常識」，讓「取材心態」消失殆盡。

知名編劇作家小山薰堂，他也是記下日常生活中，「如果這樣做更好」的地方，作為未來編劇時的材料。那樣做可以讓自己不忘一般人的感受，並從生活小事中，洞察到「這樣做比較好」。

把察覺到的東西寫下來，不但可以拿來當作寫作題材，若引起大家的共鳴，搞不好還真的可以改善問題。這樣每天應該都可以過得很快樂。

讓負面情緒「昇華」成寫作的題材

有人說，最好不要有負面情緒。

沒有負面情緒當然比較好，但是人難免會產生憤怒、悲傷、忌妒等等負面情緒，這是無可奈何的事。

然而，負面情緒擁有相當大的能量，可以善加利用。**只要把負面情緒轉成正面能量，拿來當作寫作材料就可以了**。

發生氣憤或難過的事情時，我們總是想馬上到社群平台罵人。但那只會流於口水戰，別人看了也很難點讚。其他人反而會覺得「這個人脾氣真壞」、「精神狀態好像不太好」，一點好處也沒有。而且，追蹤者也不會增加，甚至會引來同樣帶有負面情緒的酸民前來攻擊。

人們不會浪費寶貴的時間和金錢，在負面的發言上。因此，就要學會把負面情緒轉換成正面能量，傳遞出去。

例如，遇到討人厭的傢伙，就把對方當作是值得借鑑的負面教材。假設上司常常發脾氣，你在網路上發文時，只要把「老闆脾氣很差，煩死了」的負面情緒，轉換成「氣氛融洽的職場，工作起來更有效率」的正面發言就行了。

負面情緒充滿能量，壓抑那股能量太可惜了。所以只要把負面情緒轉換成正面能量，傳遞出去就對了。

這樣做，不會僅僅是發洩負面情緒，也容易引起別人的共鳴。有些人看了，可能會察覺到「寫這文章的人，一定是遇到壞脾氣的老闆了」，但沒有人會對文章產生不愉快的情緒。

就算看到令人「滿肚子氣」的新聞報導，也讓自己冷靜一個晚上。再怎麼生氣也先冷靜一下，把負面情緒轉換成正面能量之後，再上網發文。

其實，從負面情緒萌生的題材，非常有可能成為優質內容。因為那是「真心話」，而真心話總是充滿熱忱。

但要是一點情感也沒有，只是硬擠內容，讀起來恐怕假假的，流於表面。這時，運用本來就充滿能量的負面情緒，並轉換成正面內容，文字一

把負面情緒轉成正面能量

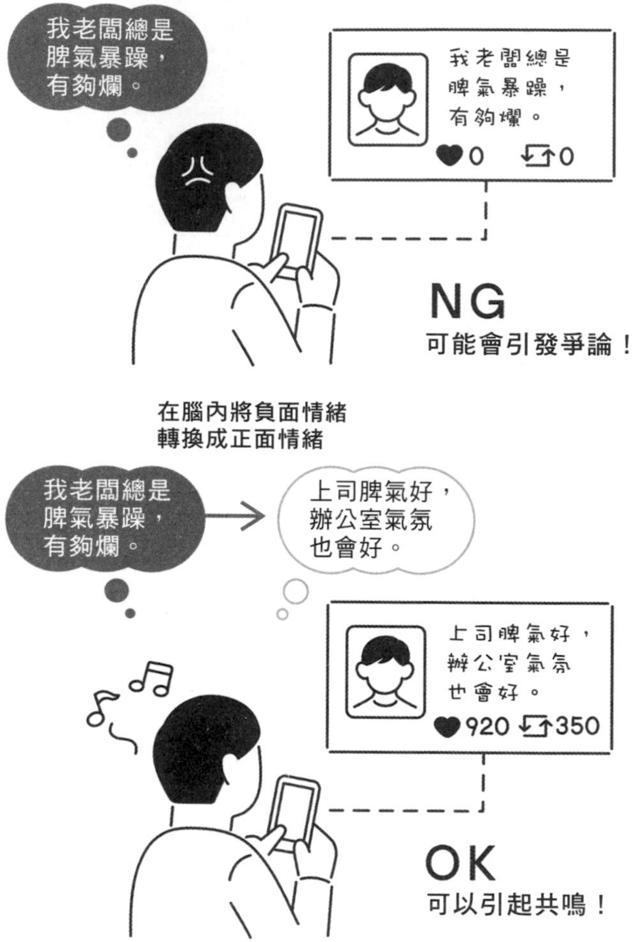

樣可以熱情洋溢。

負面事件，是非常好的契機。外行人才會原封不動地講述發生的事。重點在於，將負面事件「昇華」成有價值的內容。

就像是水庫儲水那樣，好好做筆記

一發現寫作題材，就筆記下來吧。

比方說，「Google Keep」是我常用的應用程式。Google Keep是非常簡單的筆記應用程式，它很方便，可以在手機和電腦做同步更新。

再怎麼瑣碎、無關緊要的小事，都筆記起來。

比如，「這間咖啡廳提供的水，一定是自來水」、「MacBook放在冷颼颼的房間後，變得像冰塊一樣」等等，看起來沒辦法當作寫作題材的東西也沒關係。總之，寫下來就對了，重點在累積。像沙塵一樣微不足道的事聚沙成塔，常常最後變成有趣的故事。

我找到稍微有趣的題材，並不會馬上寫成文章。儘管有時找到非常有趣的故事，我會馬上寫成文章發出去。但大部分時候都是在累積寫作材料。因為題材太微不足道時，文章很難吸引人，讀者可能一句「這樣啊」就結束，或是被忽略沒人看。

請你想像一下水庫的樣子。

如果水庫儲水不夠，放水時，恐怕也只有涓涓細水。

而儲水豐沛的水庫，放水時氣勢磅礡。寫作也是同樣的道理。水庫一直放水，拿去做水力發電也轉換不出電能。但儲存了高水量的水庫，放水時強勁的水流，會帶來可觀的電能。

因此，**不要急著把蒐集中的寫作材料寫成文章發出去，這些素材有時會累積成意料之外的美味果實**。比方說，把在便利商店想到的事情、看到的新聞報導，和電視上看到的東西結合在一起，可以變成一個寫作題材。

試著暫時停止輸出，讓自己處於不斷輸入的狀態，輸出用的材料自然會不斷累積。等到累積了充足的量之後，再一口氣釋放出來，這樣就可以孕育出引起共鳴的題材。

運動後不好好大吃一頓，「便便」可是出不來的

說到「寫作」，大部分的人容易想到，在電腦或手機前不斷打字的樣子。但就像是前面提到的，在輸出文字之前，必須要先有輸入。

另外，大家都覺得寫作是「精神活動」，但寫作其實是種「身體活動」。想要不活動身子就寫出有趣的東西，可能只有哲學家勉強做得到，普通人恐怕無法。

但只要**抱著取材的心態，在街上走動、和人交流，讓身體動起來，自然能累積寫作材料**。

寫不出來時抱頭煩惱，就跟「便祕」是一樣的。

累積足夠的輸入，才有辦法輸出

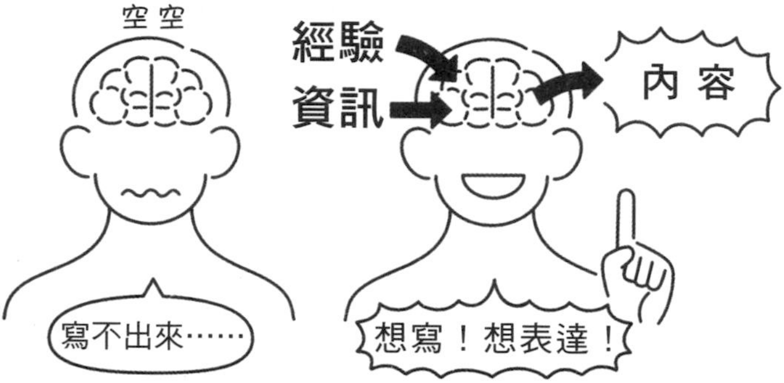

不吃飯，也不運動，蹲在馬桶上用力發出「嗯嗯」聲，大便也不會因此跑出來。不要悶坐在馬桶上，而是去外面走走、大口吃東西，活動身體，喝大量的水，保持愉快的心情，排便自然順暢。（大家可能會覺得，哪有這回事，便祕才沒那麼簡單。但這裡只是比喻，請見諒。）

沒有輸入，就沒辦法輸出。一個便祕的人在廁所再怎麼努力，也大不出來。

千田琢哉是出版多本商業實用書的暢銷作家，也是個愛書人。他非常喜歡閱讀，從歷史到傳記，閱讀範圍廣闊。所以，想要大量輸出，還是要靠大量輸入。

而企業家崛江貴文也是這樣。崛江之所以能每幾個月就出一本書，就是因為比別人還加倍努力，不斷輸入龐大的知識。

在「寫」之前，先好好磨練「傾聽」的技術

文章的品質，跟取材的品質成正比。

好的取材，成就好的文章。聽起來很理所當然，但未能察覺這點的專業撰稿人不在少數。

要是取材時敷衍了事，到了寫作階段，也很難把故事寫得有趣。然而，如果取材時能想著，「哇，這真是太有趣了！」「想讓大家知道！」如

此一來，一定可以寫出有趣的文章。

所以，**在思考「怎麼寫」之前，要先把精力放在「怎麼問」上頭**。你想從眼前的人那裡問出什麼？記住，取材是決定文章品質的關鍵。

三大要訣，讓取材變輕鬆愉快

我在取材時，會做幾件事情讓訪談變得輕鬆愉快。

其中一個就是**「商量人生煩惱」**。

既然是商量人生煩惱，就算跟取材的主題不相干也無妨。

例如，我是去做「創新」主題的取材，卻跟對方請教「我獨立創業了一年，一直在思考該怎麼開闢財源，您覺得我該怎麼做？」結果對方認真地回答了我，「你要不要試試看做這個？」最後也跟取材的主題扯上了關係。

不久前，我有幸採訪了健身集團RIZAP的瀨戶健社長。

進行訪談時，剛好是受到新冠肺炎疫情影響，景氣低迷的時期。我直率地向瀨戶社長請教，「公司的經營是不是很困難？不知為何疫情也讓我的心情變得低落，該怎麼做才好？」

結果他回答道：「人世總是跌宕起伏，有低谷，必然也有高處。而陰影籠罩之處，一定也有光，請務必主動捕捉積極的一面。」他那番話讓我非常感動。

第二個方法是**「聊時事新聞」**。

我去採訪前ZOZO公關田端信太郎時，剛好是諧星經紀公司吉本興業，內部紛爭延燒的時候。所以在訪談的開頭，我詢問田端先生「您怎麼看吉本社長舉辦的記者會？」結果對方眼睛散發出「哎呀，你這個問題問得真好」的光芒，打開了話匣子滔滔不絕，話題最後導到原本訪談的主題「何謂公司？」上頭。

我之所以會問田端先生對吉本記者會的看法，並不是因為訪談所需，而是我單純好奇想知道。在訪談一開始，先跟對方聊聊自己的煩惱或時事問題，不僅可以破冰，對方也比較願意掏出真心話，取材也會變得輕鬆愉快。

有些人個性非常正經，常常事先準備好訪綱，從第一題開始問。「好，下一題」，像這樣一題一題地問。但接受採訪的人恐怕會覺得很無聊，也很難聊得熱絡。記住，取材時的氣氛非常重要，最好要隨機應變。

第三個方法是用**「我的想法是這樣」**來問。

比方說，有次我去採訪某間老字號企業的老闆時，我是用這樣的方式來提問：「由於我自己獨立創業，自由度高。但如果我是歷史悠久的公司的接班人，很難想像那個壓力有多大。不曉得您是以什麼樣的心情，接班老字號企業的？」

重點就在於以「如果我是……」「如果我站在您的立場……」的方式來提問。用這樣的方式提問，無論是對自己，還是對採訪對象來說，本質上都是在講「自己的事」，對方容易說出真心話。

與其說是「取材」，我總是抱持著「我想跟這個人請教」的心態去做採訪。這個**「想請教」的心態比什麼都重要**。

不要一開始就在煩惱「寫什麼好」，請先從「向誰，請教什麼好」開始思考看看。

「從什麼時候開始的？」是個充滿魔力的問題

這裡再教大家一個訪談的訣竅。

那就是**詢問對方的「過去、現在、未來」**。

如果想要寫奶奶的故事，就去問問她過去的事，「奶奶，可以請妳告訴我，妳以前的故事嗎？」而採訪公司的老闆時，「請問您這一路是怎麼走過來的？」這樣問可以得到有趣的故事。

訪談時，我們容易只關注現在，如「您現在在做些什麼？」「您的工作內容是什麼？」但其實，問過去的事情也能聊得熱絡。

此外，詢問未來的事情，像是「今後您有什麼打算？」「您的夢想是什麼？」或許能得到意想不到的答案。

另外，「從什麼時候開始的？」這個問法能讓話題聊得更深入。

比方說這樣問：

「我喜歡登山。」

「從什麼時候開始的啊？」

「從我小時候開始，我父親是登山家。」

「我非常喜歡看書。」

「是喔，從什麼時候開始的啊？」

「應該是從我小學時開始的……大家在玩躲避球的時候，我總是一個人在看書。」

「喔喔，我也是！」

「從什麼時候開始的？」是充滿魔力的問句，能夠輕鬆自然地問出過去的事。透過這個提問，你應該可以聽到有趣、或是更加了解對方為人的故事。

不要一開始就追求「完美」

如果有以下困擾：有寫作的材料，有想寫的東西，但不知為何就是寫不出來。那很有可能是因為，一開始就以「達到完美」為目標。

幾乎沒有人能在一開始，就寫出好懂又有趣的文章。大部分的人都是一邊嘗試錯誤，一邊修改自己寫出來的「四不像」。

就連知名作家村上春樹，也是不斷修改文章，淬鍊作品。

「我在草稿階段，就已經修改了不知道幾次，送給出版社打樣之後，也會多次修改，請出版社重新打樣到煩死對方。修改打樣，收到新的打樣後又修改回傳，不斷重複這樣的過程。」

——《身為職業小說家》

在最初的階段不要想太多。第一步，把想到的東西通通寫出來，再怎麼雜亂無序也沒關係，把想寫的東西一口氣全部寫在原稿紙上就對了。

撰寫這本書時，我也是一邊和責任編輯閒聊，一邊蒐集「寫作材料」。總之，先把寫作的材料通通放上去，再把不需要的東西一個一個拿掉，最後就會逐漸看到「輪廓」。

我在寫作時，也常常因為想太多而停下筆來。

「這裡會不會講得不夠清楚？」「我這樣寫，會不會跟剛才講的東西互相矛盾？」諸如此類，想要寫出「完美無缺」的文章，就會卡住停下來。

不要像編織那樣寫作

容易挫折的寫法

太想寫出「沒有漏洞」的文章，以至於遲遲完成不了。

輕鬆快樂的寫法

有大致的輪廓不失敗。

但**文章最初漏洞百出也沒關係**，充滿矛盾也沒問題，之後再修改就可以了。重點在於，不斷把想到的東西寫出來。就算寫出來的文章有漏洞，讀者也會在腦中幫忙把洞給填補起來。我們要相信讀者的想像力。

這個寫法就像是「塗漆」一樣。也就是一口氣寫完文章，然後再回到開頭，把文章全部修改一遍。就像塗漆般，從開始到結束，不斷重複書寫和修改。

這個方法有利於書寫者從整體角度把握脈絡，不會降低寫作的動機。

常常寫一寫就卡住的人，就是以編織而非塗漆的方式寫作，想從開頭一句一句編織。所以進度緩慢，看不到終點在哪，最後挫敗而放棄。

用語音輸入錯了嗎？

有些人會建議「寫不出來，可以用說的」。

但我不會用說的方式來寫作，因為這很難。會做出這種建議的人，可能本來就很會說話，腦袋可以馬上浮現有邏輯、淺顯易懂的文章，然後照著腦內的原稿講出來。

聽說以前有位政治家，接到記者的電話，對方要求：「請您給個四百字以內的評論。」他真的就劈里啪啦講了四百字一字不差。但那是特異功能。要是聽到有人說，「就把想講的東西寫出來就好啦！」我會覺得「如果我做得到，就不用這麼辛苦了……」

雖然「像說話那樣寫東西」很難，但大部分的人都有辦法「開口說話」。

我常常用錄音筆來蒐集寫作的材料，內容支離破碎也沒關係。只要把想到的東西說出來、錄起來，然後把音檔打成逐字稿。總之，把想講的東西、想到的東西，全部都先用錄音筆錄起來。沒有錄音筆的話，也可以使用手機的錄音功能。用說的方式，把想到的東西全都錄起來。

錄音時「句子優不優美」不是重點。而是要注意「有把想講的東西表達出來嗎？」「有沒有言之有物？」「講的東西有沒有內容？」只要能把**「想表達的重點」**說出來，語音輸入就算是成功了。

接下來，就是把錄音的內容打成逐字稿。

在這個階段，打出來的東西看起來會很支離破碎、不連貫，但不必在意。總之，把音檔的內容都打出來。完成後，眼前就會出現文章段落。接著，只要把打出來的段落剪剪貼貼，修改成完整的文章就行了。

比如，假設音檔的逐字稿打出來長這樣。

啊，那個時候我還真的是什麼都不懂。應該是進公司三年左右的時候吧，真心覺得工作越來越有趣，應該是從那時候開始的。因為工作了三年之後，看客人的臉色就可以知道什麼東西賣得出去，什麼賣不出去。可能是因為做出了成果，工作變得游刃有餘吧。

從這段話中，擷取出「想表達的重點」後，可以把文章整理成這樣：

工作了三年後，內心變得更有餘裕。懂得看臉色接待客人。而知道「什麼東西好賣」之後，工作也變得越來越有趣。

這個方法看似費事，但實際上對心理的負擔是最輕的。

從一片白紙開始一字一句寫起，太勞心傷神了。相反的，把想講的東西先用錄音筆錄起來，再打成逐字稿，這樣至少有了寫作的材料。而且，整理逐字稿後，再編修成文章，遠比從零開始寫起輕鬆多了。

現在還有「Google 文件」和「語音輸入」等工具，能自動將錄音檔案轉為文字，而且準確度日益提升。可以好好利用這類輔助工具。

有些人可能會認為「文章就是應該要動筆寫，使用語音輸入根本是邪魔歪道」。當然，我也不是反對在紙張或電腦前，聚精會神地構思文章。我自己也很常花時間一字一句慢慢寫。然而，要是有人認為「一字一句推敲琢磨」太困難的話，也可以嘗試不同方法。

重點在於達成目的。如果你的目的是「跟別人傳遞這個訊息」，我認為無論中間過程如何、或是使用任何手段都無妨。

寫作沒有絕對正確的方式，請試著找出屬於自己的「寫作風格」。

醞釀寫作題材，讓內容更豐富

做了筆記、取材，透過語音輸入，生出寫作的材料後，請把它擱置一段時間。因為寫作題材需要催熟、醞釀一下。

「催熟」具體來說是什麼意思？

其中一個就是**「擴張題材」**。

比方說，有一則筆記如下。

> 許多人都「不喜歡被罵」。

這一句話，一條推特發出去就沒了，恐怕得不到什麼迴響。這裡讓我們擴張看看這句話。

擴張句子時，有四個關鍵字可作為參考，分別是**「也就是說」**、**「比方**

說」、「所以呢」、「歸根究柢」。

「也就是說」是將內容抽象化的詞彙。「比方說」是具體化內容的詞彙。「所以呢」可以促使進一步的思考，而「歸根究柢」則是探究根本的詞彙。

許多人都「不喜歡被罵」。

「也就是說」↓人容易受到恐懼感的支配。

「比方說」↓未向上司報告工作疏失。

「所以呢」↓想讓下屬主動報告疏失，應該要保證不會因此「發怒」。

「歸根究柢」↓「生氣」這個行為一點生產力也沒有。

像這樣從不同角度來看寫作材料，能擴張題材，讓內容變得更豐富。

把寫好的東西帶去咖啡廳

另一個「催熟」題材的方法，就是**「整理寫作材料」**。如果明明有很多寫作的材料，卻怎麼也寫不出文章的話，很有可能是因為還沒釐清思緒。

「思考」是「書寫」前的必經過程，但很多人都忽略了這點。然而，想要邊想邊寫，反而容易卡住而停下筆來。

重點就在於**區分「思考時間」和「書寫時間」**。

蒐集好寫作材料後，我會把東西印出來，去咖啡廳窩一個多小時。同時，把手機和電腦放在家裡，好讓自己集中精神。「我最想表達的東西是什麼？」「按這個順序寫，應該最能表達清楚」，像這樣整理個人思緒。

很多人思考時，都會盯著手機或電腦的螢幕看。但數位工具用一用，就會不小心滑去看社群網站，很容易分心。所以我的建議是，思考時，把寫作的材料印出來想，整理好思緒後，再回去用數位工具來編輯文章。這種**在傳統和數位之間來回**的過程很重要。

寫不出來，九〇%是因為「想太多」

寫作材料蒐集好了，思緒也整理好了，卻依舊遲遲無法動筆。這時可能是因為「想太多」。

「我這樣寫，別人會怎麼想？」

「如果引發網戰怎麼辦……」

一直想東想西，便停下筆來。

而因應這個問題的方法就是，認知到「寫不出來只是自我意識在阻撓而已」，唯一解方就是**「不要想太多，寫就對了」**，沒有別的。

寫出來，給別人看了之後，就會看到下一步。「沒想到接受度蠻高的」、「這樣寫沒人有興趣啊……」明明有東西可以寫，卻在動筆前想東想西，這樣太浪費時間了。

對自己期望過高，容易卡住而停下筆來。

畢竟，只有少數天才有辦法腦袋突然浮現出好文，然後流水行雲般地把腦中的東西寫出來。大部分的狀況都是，對自己產出的低品質文章感到絕望。

但現在不是感到絕望的時候，因為接下來才是決定勝負的關鍵。反覆捏塑腦袋產出的「陶土」，想辦法捏出個形狀。只要像這樣慢慢推敲出文章就行了。

其實，對自己寫的文章感到失望，是因為期望達到的目標很高，這是好事。畢竟，為了更接近自己的理想，不斷努力往前進，這個想法本身是有意義的。

詞藻堆疊得再美，也會露出馬腳

「不想被別人認為文章寫得很差。」

「文章寫得不夠優美、流暢，會覺得很丟臉。」

我可以理解這樣的心情，我每天也在跟這種想法對抗。

但就算真的寫出優美流暢的文章，真實想法也還是會被許多人看穿。

畢竟，人的感覺比想像中還要敏銳。就算花再多功夫，堆疊出再怎麼華麗的詞藻，讀者某種程度上，還是會發現不對勁的地方。

「這個人雖然這樣寫，但他真正的想法應該是……」

「這種呈現方式，應該是有什麼顧忌。」

既然修飾再多也會露出馬腳，就根本沒必要修飾。

這如果不是「傑作」，還有什麼能稱得上傑作？真不愧是能夠在影史上傲視群雄的經典之作。

要注意，寫文章，不必刻意堆疊詞藻。倒不如換個寫法更吸引人：

> 我的媽呀呀呀！！片尾結束後，我的腳還是抖個不停、站不起來！

文章這樣寫才吸引人。

這種能感受到情緒、充滿躍動的「有溫度的文章」，才吸引人。既然修飾得再怎麼美，早晚都會被戳破的話，不如一開始就拿出最真實的一面來一決勝負。

你可以寫出多少「沒人按讚」的文章？

「我寫得這麼努力，如果都沒人看的話怎麼辦？」

「如果一個讚都沒有的話，怎麼辦？」

有些人會有這樣的煩惱。

但就算一個讚也沒有，也沒什麼好沮喪的。

因為即便沒有任何迴響，文章寫壞了，也根本沒有人會注意到這件事。失敗的經歷終會消失，留下「經驗和教訓」，整體來說是正面效果滿滿。

我也寫過很多沒人想看的文章，也寫了不少賣不出去的書。王牌製作人秋元康應該也做過失敗的企劃。就算是因《你的名字》而聞名的電影製作人川村元氣，恐怕也有失敗的作品。但正因為不成功，所以沒什麼人知道。

大部分的人都只看成功的例子。

「那個人就是爆紅動畫電影《你的名字》的製作人。」人大多會這樣想，沒有人會說「那個人就是做出〇〇失敗企劃的人。」

不必害怕失敗，因為只有成功才引人注意。失敗的人其實是勝者，因為失敗之後，會提升下一次成功的機率。

不過對一般人而言，「社會」指的是半徑十公尺左右的範圍，所以我也能理解「不希望被公司同事，用奇怪的眼神看待」、「附近鄰居知道會很丟臉」的心情。但其實失敗最後只會消逝不見，唯有反應熱烈的東西才會為眾人所知。如果一點失敗就在意得不得了，很難從中得到任何洞見。

在初期階段，無論寫什麼，得到的迴響都不如預期，可能會讓人感到沮喪。但是寫了十本左右的書之後，就會出現「咦，原來大家對這裡有反應！」的情況。

「如何持續書寫沒人看的文章」其實才重要。

剛開始就是拼命發文，然後不斷失敗。至少要保持這樣的心態，「勝負關鍵就在於，可以寫出多少沒人按讚的文章」。

CHAPTER 1重點整理

這樣做，不愁沒有寫作題材

01

不要自己悶著頭，想從零生出寫作題材。相反的，去取材。從別人身上聽來的故事、自己的親身見聞中，找出想寫的題材。

02

不要一字一句埋頭苦幹。而是利用「語音輸入」等工具，擬定出文章的核心概念後，接著修改細節。

03

拋開那些「沒人讀就沒意義」、「如果沒人看怎麼辦」等過剩的自我意識。總之寫就對了！失敗越多次越好！

專欄

一切都從「企劃」開始

我過去企劃過非常多本書，經手過可執行的企劃，也碰過胎死腹中的企劃。而市場表現也有好有壞。正因企劃的結果百百種，我每天都在想「什麼樣的企劃可行性高」。

針對動筆前不會想到「企劃寫作」的人，這裡我想說明一下如何制定企劃。

1 直接拿「煩惱」做企劃

你有煩惱嗎？像是「肩頸痠痛得不得了」、「職場的人際關係不甚融洽」、「想瘦下來」等等。

如果你有的話，可以直接拿那些煩惱做成企劃。

比如這樣的企劃：

- 肩頸痠痛得不得了↓「超強伸展操，快速搞定肩頸痠痛」。
- 職場的人際關係不甚融洽↓「改善職場氣氛的閒聊力」。
- 想瘦下來↓「輕鬆不費力的減肥法」。

如果你的煩惱是「生不出企劃」，就可以做成這樣的企劃——「專為『生不出企劃！』的人設計的企劃構思法」。

「煩惱」是企劃的寶庫。煩惱多的人，可以成為超強的企劃。請你一定要找找看自己有什麼樣的煩惱。

2 你想拜訪「誰」？想問「什麼」？

你有想拜訪的對象嗎？有喜歡的藝人或演員嗎？偶像明星也可以，創作者、漫畫家等等也行。你有沒有想見的人，或崇拜的對象？

單純去見崇拜的對象，充其量只能算是腦粉，成不了企劃。但如果有問題想跟崇拜的對象「請教」，就會是企劃。事實上，「我想跟〇〇〇請教〇〇」的想法本身就是個企劃。

順帶一提，如果是我，我想做這樣的企劃：

- 跟建築師隈研吾，請教人生哲學。
- 向前SMAP經紀人飯島三智，請教培養偶像的心法。

如果這樣的企劃實現的話，應該可以編成《隈研吾的人生哲學》、《一手栽培出SMAP的傳奇經紀人，管理心法大公開》等書。

3 讓「憤怒」變成企劃

常常生氣的人也能成為好企劃，像是那些常常感到不耐煩、悶悶不樂，並想著「那個人是怎麼回事？」「那種行為不可原諒！」的人。

「我不喜歡萬聖節鬧哄哄的氣氛！」
「刻意在臉書活動的頁面下，留言表示不參加的人真討厭。」
「稅務機構給的報稅說明書有夠難懂。」
一旦你覺得「這是什麼？」瞬間感到生氣時，不要忽略這個情緒，試著停下來審視一下自己。如此一來，憤怒便能成為「企劃的種子」。
畢竟，都這麼生氣了，放著不管只會成為壓力。所以，請試著進一步思考「怎麼做可以把這股怒氣變成企劃？」
思考一下，就可以把怒氣變成類似這樣的企劃：

・我不喜歡萬聖節鬧哄哄的氣氛！
↓「讓個性保守的你，也能暢玩萬聖節的方法」。
・刻意在臉書活動的頁面下，留言表示不參加的人真討厭。
↓「社群網站怪人百選」。

・稅務機構給的報稅說明書有夠難懂。

↓「把報稅說明書，改寫成超級無敵好懂」。

想做出好企劃，就要逆向操作，不要去想「我要做企劃」。腦袋一直想著「企劃、企劃、企劃……」最後就會做出沒有靈魂、「似是而非」的內容。

為了避免這種情況，做企劃時可以試試下面三種方法。

①尋找「煩惱」。

②思考「向誰，請教什麼好」。

③尋找「憤怒」。

如此一來，一定可以孕育出有創意的好企劃。

第2章

表達不清楚，好痛苦

寫出「淺顯易懂文章」的基本原則

你的文章好懂嗎？判斷條件只有一個

「你的文章好難懂。」
「讀起來總覺得卡卡的。」
「不曉得想表達什麼。」
「請用更簡潔的方式再說明一次。」

是不是有人曾經向你這樣抱怨過？本章將說明，如何寫出「好懂」跟「好讀」的文章。

這裡冒昧請問，你覺得什麼是「好懂的文章」？

「好懂的文章」可能有各種不同的定義。不過，個人認為最合適的定義是，**「閱讀速度跟理解速度一致的文章」**。

無法一讀就懂的文章，必須重讀好幾次。而且把大家都知道的事情寫得冗長複雜，讓人看了無奈又煩躁。相反的，眼睛掃過去，大腦馬上就可以理解的文章，就是「好懂的文章」。

舉例來說，左邊的文章，看了讓人一頭霧水對不對？

我想不到合適的例子，所以隨便從國會的答辯書中借用一段文字（各位不需要認真閱讀）。

勞動政策審議會各分科會的委員、臨時委員以及專門委員，係依據《勞動政策審議會令》第三條，從勞動者之代表者、雇傭者之代表者、公益之代表者以及身障者之代表者當中，由厚生勞動大臣任命。

關於勞動者代表委員以及雇傭者代表委員，係由同大臣徵詢我國代表勞雇雙方團體的意見，綜合考量是否能適切地代表勞動者以及雇傭者的利益等諸多因素。關於公益代表委員，係由同大臣綜合考量是否具備代表公益之實務經驗、見解等諸多因素。關於身障者代表委員，係由同大臣徵詢我國代表身障者相關團體的意見，綜合考量是否能適切地代表身障者的利益等諸多因素後，分別任命適任者。

引自http://www.shugiin.go.jp/internet/itdb_shitsumon.nsf/html/shitsumon/b196097.htm

政治家和官僚之間來往的文件，這樣寫可能沒問題。畢竟，比起閱讀的流暢性，公家機關的文書，可能更重視正確性。

但這樣的文章，一般人沒辦法一看就懂，可以說是**「理解速度跟不上閱讀速度的文章」**。

這個文章想表達的意思是，「勞動政策審議會的成員，是由厚生勞動大臣選定的」，下一段文字則是敘述，「委員是從什麼樣的人當中，依據何種基準遴選出來的」。

我將我理解的內容，整理如下。

勞動政策審議會的委員係由厚生勞動大臣所任命。

大臣從下列人選當中選出委員。

①「勞動者」之代表者。

②「雇傭者（經營者等）」之代表者。

③「公益」之代表者。

④「身障者」之代表者。

此係依據《勞動政策審議會令》的第三條。

①到④人選的遴選方式如下。

①徵詢勞動者代表團體的意見，挑選出代表勞動者的候選人名單。接著由大臣綜合考量「能否適切地代表勞動者的利益」等因素進行遴選。

②代表雇傭者的遴選過程同上。

③公益之代表者，係由大臣綜合考量「是否具備代表公益之實

務經驗、見解」等因素進行遴選。

④首先，徵詢身障者代表性團體的意見，挑選出代表身障者的候選人名單。接著，由大臣綜合考量「能否適切地代表身障者的利益」等因素進行遴選。

我並非專家，細節的部分可能有誤。但大致上來說，意思差不多就是這樣。後者的文章，某種程度上應該做到了「閱讀速度」和「理解速度」一致。

寫出好懂文章的重要前提就是，**寫文章的人確實理解了內容**。

有時候寫文章的人，自己也只懂個大概。這樣寫出來的文章，當然不可能好懂。**寫的人都搞不懂了，讀的人當然不可能看得懂**。

一句話越精簡越好

讓我們一個一個來看「好懂的文章」怎麼寫。

第一個訣竅是**「一句話越精簡越好」**。

以前面的例子來說。

> 勞動政策審議會各分科會的委員、臨時委員以及專門委員，係依據《勞動政策審議會令》第三條，從勞動者之代表者、雇傭者之代表者、公益之代表者以及身障者之代表者當中，由厚生勞動大臣任命。

這句話寫得太長了，讓我們把它切成幾段。

這句話可以分成三段。

勞動政策審議會的委員係由厚生勞動大臣所任命。

大臣從下列人選當中選定出委員。①「勞動者」之代表者，②「雇傭者（經營者等）」之代表者，③「公益」之代表者，④「身障者」之代表者。

此係依據《勞動政策審議會令》的第三條。

再來看看其他例子。比方說，你覺得這段文字讀起來如何？

穿過縣界長長的隧道就是雪國，火車在夜空一片白茫茫的號誌站前停了下來，坐在對面座位上的姑娘站了起來，拉下島村前面的玻璃窗，冰冷的空氣灌了進來。

你是不是覺得「有點搞不清楚在講什麼」，讀到一半就有點跟不上？

> 穿過縣界長長的隧道，就是雪國。夜空下方變得白茫茫。火車在號誌站停下。
>
> 女孩從對面座位起身，拉下島村前面的玻璃窗。雪地的冷空氣霎時流入。
>
> 引自川端康成《雪國》

比較前後之後，應該可以感受到，簡短的文句不但好理解，而且讀起來也更有節奏感。「穿過縣界長長的隧道就是雪國，火車在夜空一片白茫茫的號誌站前停了下來……」落落長的文章，讀起來會讓人覺得含糊不清，容易感到疲倦。

大家可能會覺得，簡短的文句感覺很笨拙。然而，越是「想讓自己看起來很聰明」、「想寫出漂亮的文章」，越容易寫出冗長的文章。

但其實，情況正好相反：**越簡潔的文章越好懂，也才會看起來更厲害。**

一次一個重點就好

> 勞動政策審議會各分科會的委員、臨時委員以及專門委員，係依據《勞動政策審議會令》第三條，從勞動者之代表者、雇傭者之代表者、公益之代表者以及身障者之代表者當中，由厚生勞動大臣任命。

這段文字想用一句話傳達多個資訊。然而，把想表達的東西，全部塞進同一句話裡，對讀者來說資訊量太過龐大，無法馬上理解。

拆解上述段落，可以整理出以下幾個想表達的重點。

・委員由大臣任命。
・委員任命係依據《勞動政策審議會令》第三條。
・委員是從勞動者、雇傭者等代表者遴選而出。

不要想用一句話傳達多個訊息。原則上，一句話以傳達一件事情為佳。一次一個重點。

假如你想一次把蘋果、蜜柑跟香蕉拿給眼前的人，會發生什麼事？對方應該會很困擾，東西也可能會掉到地上。所以別那樣做，一次給一個。「蘋果給你」、「蜜柑給你」，像這樣一個一個表達，對方才能夠好好處理、沒有遺漏。

再以這段話為例。

貓是動物是哺乳類，狗也是動物是哺乳類，但我只喜歡貓，雖然牠們都是動物，但是我不喜歡狗。

我們可以這樣改：

貓是動物，也是哺乳類。狗也是動物，是哺乳類。我喜歡貓。
貓跟狗都是動物，但是我不喜歡狗。

「A是B」，像這樣說清楚講明白很重要。**想一次傳達所有的事情，反而讓文章不好理解**。

「A是B」、「B是C」，一次處理一個資訊。在寫文章時，請從讀者的角度不斷確認，「到這裡明白了嗎？」如此一來，就不會出現難懂的文章。

文章的重點，要一個一個仔細地傳達

無法馬上理解……

容易理解！

不要讓文章變得像濃縮咖啡

我們也可以說，好懂文章的濃度恰到好處。

比如，你覺得這樣的文章如何？

搜尋引擎技術的日新月異、機器學習準確度的逐年躍升，以及深度學習的應用等等，電腦頂名代替並凌駕人腦的時代降臨。

這段文字是不是越看，越看不懂？看到「搜尋引擎技術的日新月異」就懶得看下去了。

以咖啡的濃度為例，這段文字就像是杯「濃縮咖啡」，難以下嚥，喝一口就讓人覺得「哇，好苦」。資訊一口氣湧了進來，濃度太高，讓人感到苦澀。

那麼，這段文字該怎麼改，才能變成濃度適中的文章？

首先，確實理解內容，消化過後，再**將文字換成平易近人的詞彙**。

其實，容易讓人難以理解的文章，其特徵就在於，文中有很多抽象的詞彙或成語。比方說，範例中「日新月異」、「逐年躍升」、「頂名代替」等等。只要減少這些拗口的詞彙，不僅能讓文章變得淺顯易懂，讀起來也更容易理解。

- 日新月異↓不斷進步。
- 逐年躍升↓越來越高。
- 頂名代替↓取代
- 凌駕↓超越。
- 降臨↓越來越近。

然後依據前面說明過的重點，將文章修改如下。

搜尋引擎技術不斷進步，人工智慧的準確度也越來越高。而深度學習，也就是電腦自主學習的技術，也不斷演進。

電腦逐漸取代人腦，「超越人類」的時代越來越近了。

寫出艱澀難懂的文章，等於是在浪費讀者的時間。就算端出「濃縮咖啡」，要是讀者覺得苦澀難嚥，就必須不斷加入牛奶稀釋。

相反的，**寫出好懂的文章，就跟幫讀者節省時間一樣有價值**。

讓文章的說明「恰到好處」

淺顯易懂的文章，也可以說是「說明恰到好處」的文章。

想寫出淺顯易懂的文章，就必須**思考「這能不能以簡單明瞭的方式說明」**。不好高騖遠，先把基本的東西做好，才是最重要的。

比如，料理手藝越好的人，越會按照食譜一步一步做。

想嘗試新菜時，廚藝佳的人越會看著食譜，確實地按照食譜的食材分量去料理。所以他們做出來的菜才好吃。

廚藝越差的人，不知為何越容易不按食譜「自由發揮」。**「聽說在咖哩裡加入咖啡粉會變得更好吃，來試試看好了」**，明明就連最基本的咖哩也做不好，卻老是做這種事。

寫作也是同樣的道理。

因為受到「想寫出優美的文章」、「想寫出看起來很厲害的文章」的想法所蒙蔽，導致明明就連想講的東西都表達不清楚，卻希望「自由發揮」。

然而，只有底功紮實的廚師，才有辦法「自由發揮」。

做出馬鈴薯燉肉等基本菜色後，再來發揮點創意，「那來做做看咖哩馬鈴薯燉肉好了」，或是運用點小技巧，「加點蜂蜜試試看好了」。

我們不是專業作家，先以寫出淺顯易懂的文章為目標吧。

如何幫文章減去「多餘的脂肪」？

多餘的東西，請一個一個刪掉。

除去多餘的脂肪，盡可能精練簡要，便可以寫出「脂肪和肌肉量」恰到好處的文章。

讓我們來看看，如何刪減文章。

①刪掉「不說明也無妨」的地方

不說明也無妨的地方，可以刪掉。

早上起床後，天空極為晴朗，心情真的好得不得了。所以我跟家裡養的狗一起到家裡附近的公園散步去了。

這段文字可以修改成這樣：

早上晴朗心情好。我跟愛犬到附近的公園散步。

首先，大家早上大多已經起床，不需要寫「早上起床後」，「早上」就可以說明清楚了。「天空極為晴朗」也是，只有天空才會晴朗，所以刪掉「天空」。如果有點猶豫，「這句話有必有嗎？」就先刪掉看看。如果刪掉後，也能明白意思，就刪掉沒關係。

另外，我們也經常過度使用「真的」、「非常」、「極為」等等加強語氣的詞彙。**雖然在強調重點時，這些詞彙很有效，但過度使用反而會帶來反效果。**

「跟家裡養的狗一起」可以用「愛犬」兩個字表達。「家裡附近」可以刪減成「附近」。請避免使用艱澀的詞語，盡可能以精簡為目標。

早上~~起床後，~~

早上已經起床了，因此刪掉「起床後」

~~天空極為~~晴朗~~，~~

天空才會晴朗，所以刪掉「天空」

心情~~真的~~好~~得不得了，~~

刪掉沒有意義的「非常」或「真的」

~~所以~~我跟~~家裡養的狗一起~~到

精簡成「愛犬」　　刪掉「一起」

~~家裡~~附近的

精簡成「附近」

公園散步~~去了~~。

刪掉「去了」

早上晴朗心情好。我跟愛犬到附近的公園散步。

② 刪掉「我覺得」

很多文章都經常出現「我覺得」這樣的字眼。

然而，**大部分時候，文章不必說出「我」，也可以明白**。

我以前在整理作家的原稿時，有些文章中的「我覺得」多得要命。畢竟，你就是「那樣覺得」，才會寫出來不是嗎？所以不必刻意把「我覺得」寫出來。雖然用「我覺得」能避免語意過度武斷，具有柔和語氣的效果。但大膽刪掉「我覺得」，能讓文章的語氣顯得堅定乾脆。

③ 要小心「我啊」、「因為所以」

這裡希望大家要小心「啊」的表達方式。

文章容易寫太長的人，文章內常常會出現謎樣的「啊」。為了緩和語氣而使用「啊」，反而讓文章顯得冗長累贅。

我啊今天的午餐，去了惠比壽的洋食屋，在那裡吃到的蛋包飯超級好吃。

這樣的文章可以簡化成這樣。

今天去惠比壽的洋食屋吃午餐，那裡的蛋包飯超級好吃。

長句如果可以拆解，就盡量拆成短句。

其他相同的例子，像是「因為所以」。

跟「啊」是同樣的道理，文章冗長的人容易過度使用「因為所以」。

一旦「必須寫出漂亮的文章」的想法太過強烈，很容易不小心就過度使用「因為所以」。寫了「因為所以」後，就會覺得「在那之後必須補充說明什麼」，而放入多餘的資訊。

因為我的夢想是開出版社（哎呀，不小心寫了「因為」，必須說明一下才行），所以要存錢。

如果沒特別想講「存錢」，前面就不必寫「因為」。

④ 刪掉多餘的「量詞」

這點大家應該耳熟能詳，多餘的「量詞」也可以刪掉。

我的夢想是開一間出版社。

這個句子可以改成這樣：

我的夢想是開出版社。

想要強調「開出版社」時，有時候的確會加入「一間」。**但先把「一**

間」拿掉看看，如果沒有什麼不對勁，就刪掉吧。

⑤刪掉鋪陳

有些人寫文章時，鋪陳會太過冗長。

網路上這樣的文章很常見：

相隔許久，「改革工作方式」的呼聲再次高漲。如何有效率地完成工作，是許多勞動者面臨的問題。最近很多人也利用通訊軟體和線上會議等工具，以遠距的方式工作。

筆者十年前開始就利用科技，進行遠距工作，這次我想傳授「順利遠距工作的訣竅」給各位。

前面都是多餘的鋪陳。文章的鋪陳就像是雜誌的前導段落，但現在會認真閱讀的人少之又少。所以直接進入主題比較好。

不需要特別講，大家都知道的事情可以通通刪掉。

相隔許久，「改革工作方式」的呼聲再次高漲。
如何有效率地完成工作，是許多勞動者面臨的問題。
最近很多人也利用通訊軟體和線上會議等工具，以遠距的方式工作。
筆者十年前開始就利用科技，進行遠距工作，這次我想傳授
「順利遠距工作的訣竅」給各位。

刪掉多餘的部分，修改成這樣就行了。

這次我想傳授「順利遠距工作的訣竅」給各位。

用短文就能表達清楚再好不過

「文章越長越好」、「能寫出長文的人很厲害」，這些都是成見。

第一次寫書的人，常常會說「我有辦法寫出一百四十字的推文，但寫不出近十萬字的文章。我沒寫過。」這樣的話，不寫也沒關係。若短文就能表達清楚，用一則推文就夠了。

總而言之，「傳達想法或觀點」很重要。如果用推特就能傳達看法和想法，根本不需要去寫書。

其實，**寫長文比較辛苦、但更有價值，是種錯覺**。

畢竟，只要持續動動手指，也能打出落落長的文章。重點在於，「訊息能否明確地傳達給對方」。如果一百四十字就能表達清楚，對寫作者和讀者來說再好不過。

我的看法是「文章越簡潔越好」。

短文就能傳達清楚的話，對讀者來說再好不過。因為其實，長文並非

「把讀者放在第一位」的寫作方式。

但長文具有提升「承諾」的效果。讀者花好幾個小時閱讀文章，因而能完全沉浸於作者的世界觀中。舉電影例子來說，如果《神隱少女》是個一分鐘的動畫會怎麼樣？這樣觀眾恐怕無法進入影片的世界觀。正因為持續觀賞了兩個小時左右，才能夠沉浸其中，體驗另一個世界。

寫長文沒有什麼了不起的。真正要做到的是，**依據不同的目的，調整文章的長度**。如果是小說，文長比較能讓讀者沉浸於其中。若是知識類的書籍，簡短易讀的文章應該比較受讀者喜愛。

思考「文章段落的安排」

淺顯易懂的文章，就是一看就讓人覺得「這感覺很好讀」。

比如下面這兩段文章。

〈A〉

她的名字我已經忘了。雖然可以把死亡記載的剪報再抽出來看一遍就能想起來，不過事到如今名字已經不重要。我把她的名字忘了，只不過是這麼回事而已。遇到過去的朋友時，曾經因為某種偶然的機會提到她的事情。他們也一樣記不得她的名字。對了，從前不是有一個女孩子跟誰都可以上床的嗎？她叫什麼名字？我完全忘了，我也跟她睡過幾次，不知道現在怎麼樣了？要是在街上偶然碰見的話一定也很奇怪吧。從前，在某個地方，有一個跟誰都可以上床的女孩。那就是她的名字。

〈B〉

她的名字我已經忘了。

雖然可以把死亡記載的剪報再抽出來看一遍就能想起來，不過事到如今名字已經不重要。我把她的名字忘了，只不過是這麼回事而已。

遇到過去的朋友時，曾經因為某種偶然的機會提到她的事情。他們也一樣記不得她的名字。對了，從前不是有一個女孩子跟誰都可以上床的嗎？她叫什麼名字？我完全忘了，我也跟她睡過幾次，不知道現在怎麼樣了？要是在街上偶然碰見的話一定也很奇怪吧。

——從前，在某個地方，有一個跟誰都可以上床的女孩。

那就是她的名字。

引自村上春樹《尋羊冒險記》

A和B的內容一模一樣，但B應該比較好讀。

A文一看只讓人覺得文字擠成一塊，而B文第一句「她的名字我已經忘了。」之後有分段，使文章的第一句能映入讀者的眼簾。

大家可能會覺得「這不是廢話嗎？」但能做好分段的人出乎意料的

少。

與其說是「文章內容」的問題，不如說是「文章段落安排」的問題。在資訊氾濫的現代社會，讀者一眼就會判斷「要不要讀下去」。因此，**文章一看就覺得「通順好讀」，會越來越重要**。

專業作家和專欄作家的文章一讀，就是知道文章段落是「精心安排」過的。讓我們來看看文章段落安排的重點。

四、五句就分段

好讀的文章架構，重點就在於「分段」。

有些人可能會覺得分太多段很丟臉，「分段後文章看起來空空的，感覺笨笨的」。當然有些文章不分段，也很好閱讀。甚至有時候不分段，反而更能讓人沉浸其中。但只有擅長寫作的人才能做到這樣。

先盡可能分段，以「吸引人閱讀」為目標。

分段的基準是，大概寫四、五行左右就要分段，如此文章一眼看過去，應該會讓人覺得很好閱讀。

「有邏輯」就是「很好懂」

大家都說「文章要有邏輯」。

但「有邏輯」指的是什麼？指的是文句通順優美嗎？還是，使用「然後」、「但是」等連接詞，就是有邏輯？

專家應該可以提供各種答案，但**我的定義很簡單：「有邏輯＝很好懂」**。

只要大部分的人讀起來覺得「很好懂」，文章就是「有邏輯」。畢竟，辭藻再怎麼華麗、連接詞再多，如果大部分的人都「看不懂」，文章就

「沒有邏輯」。只要文章從頭到尾都能讓人點頭「我懂我懂」，就是有邏輯的文章。

總之讓文章前後連貫、「好懂」就對了。

想寫出好懂的文章，可以試著把寫好的文章擱置一段時間後，再重新讀個幾遍。晚上寫好文章，早上再拿出來重讀，應該可以抓出問題，「哎呀，這裡邏輯太跳躍了！」「這裡話題怎麼走偏了？」把有問題的地方一個一個修改好後，文章就會越來越有邏輯。

而最好的辦法，就是**把文章拿給別人看**。請沒看過那篇文章、沒有利害關係的人閱讀。家人或朋友看過之後，應該可以指出問題，像是「這裡前後好像不太連貫」、「這段有點難懂」。

在交稿前，我也會請朋友幫忙看文章。「這裡不補充說明一下，會有點突兀」，別人點出問題後，就補足一下，盡可能讓文章「有邏輯」。

對話一定是「有邏輯」的

第一章介紹了利用語音輸入，來輔助寫作。另一方面，由於「與人之間的對話」一定是有邏輯的，也有助於產出前後連貫的文章。

比方說：

「之前真是不得了耶。」
「嗯？發生什麼事嗎？」
「就是那個啊，電車誤點……」
「喔喔，對啊，真是的。」
「有樂町線因為車輛故障，而延誤成那樣，真的很少見。」
「電車是從有樂町站開始停駛對吧。」
「你後來怎麼辦？」
「我先去車站附近的星巴克處理公事。原本想說坐計程車過去公司好了。」

「什麼，千萬不要。坐到豐洲要花很多錢耶。」

對話是建立在相互理解之上。只要有一方不明白，一定會反問道「發生了什麼事？」接到這樣的訊息後，另一方就會補充說明。

順帶一提，上述對話，可以用第一人稱，整理成「有邏輯的」文章。

之前電車誤點真是不得了，有樂町線因為車輛故障而停駛。電車延誤成那樣，真的非常少見。

我被卡在有樂町站動彈不得，只好暫時到車站附近的星巴克處理公事。原本想說坐計程車過去豐洲，後來作罷，因為坐過去好像很貴。

從對話編修成文章，是產出有邏輯文章的最簡單方法。

做書籍的取材時，訪談當下如果覺得「有點聽不懂」時，我就會問**「可以講得再詳細一點嗎？」「具體來說是這樣嗎？」**這樣寫出來的文章，邏輯才清晰。

要是獨自埋頭苦幹，恐怕會寫出誰都看不懂的東西。就算很小心，文章的邏輯也或許不連貫。而且很有可能會寫太多大家都知道的東西。

如果是取材，萬一對方開始講你已經知道的事情，你可以馬上打斷對方。

「利他的精神很重要……」當對方開始大談你已知的東西，但這段話之前對方說過了，你就可以打斷他，然後說：「嗯嗯，您經常提到這點呢。我想順便跟您請教一件事」，轉移到下一個話題。

如果不是取材，而是自己埋頭苦寫，就會「利他精神很重要，這個地方要說明清楚才行」，寫五頁多都是讀者已知的事情。若沒有相當程度的同理能力，自己寫東西是很困難的。

讀者有多少「背景知識」？

你文章的目標讀者，具備多少知識？

讀者知道什麼，不知道什麼？

事先預測、想像讀者的狀況，對寫作來說也很重要。

比如，只要說「從桃子裡生出來的」，大家都知道是「桃太郎」。

但如果說「從梨子裡生出來的」，大家心中應該會充滿問號。讀者可能會問說：「喔，是什麼呀？船梨精嗎？」

一句「從桃子裡生出來的」，就知道是什麼，是因為大家已知《桃太郎》的故事。讀者具備背景知識，才有辦法一句話就讓人明白。

但有邏輯指的不是文法或邏輯學這類東西，而是會隨著「對方擁有多少背景知識」而有所不同。

想讓文章有邏輯、好懂，就必須確實掌握讀者的背景知識。就算以

「A是B」、「B是C」簡單的形式表達，若文章中出現「客戶期望的解決方案是改善UX」，這種只有自己或業界才看得懂的用語，便很難讓人一看就懂。

文章要讓國高中生也看得懂

社會上形形色色的人都有，每個人擁有的背景知識都不同。**若想透過社群網站，讓更多人看到自己寫的文章，就必須配合大多數人擁有的背景知識來寫作。**

過去我在寫企業經營者的專文時，曾經下了這樣的標題「身邊的社長厲害到我想吐」。因為就算沒什麼背景知識，這樣的標題也能吸引人注意。結果文章真的吸引到許多人閱讀。

如果文章標題是「引領動畫三・〇時代，新創經營者的挑戰」，會怎麼樣？

對動畫或是對新創經營者有興趣的人，可能會點開來閱讀，但是對其他人來說，那個文章標題會讓人覺得「不知道在講什麼」。所以對動畫和新創沒有背景知識的人，會忽略那篇文章。

所謂的「好懂」，不僅是內容本身好懂，讀者具備的背景知識也是條件之一。尤其是社群網站跨越了「業界」的框架，匯集了各種不同背景的人。若想將訊息傳遞給不同背景的人，就必須寫出大多數人的背景知識也看得懂、能引發共鳴的文章。

大家都說「要把文章寫成國高中生也能理解」。因為國高中生不隸屬任何「業界」，也具備共同的背景知識。

反過來說，**國中生知道的東西可以省略不寫**。像「夏天很熱」、「咖哩很辣」，這些東西不需要一一說明。在文中寫一堆大家都知道的事情，這類文章出乎意料的多。如果想讓不特定多數人看見自己寫的文章，就要寫出國高中生也看得懂的內容。

先說「結論」

彷彿貫穿加州般的晴空遼闊無際。

行駛於國道二號時，坐在副駕的女兒May突然問我：「媽媽，心臟在哪裡呀？」

那問題真是突然其來，但也成為我覺得必須寫這本書的契機。

打開翻譯書，這樣的內容很常見。

雖然沒那麼糟糕，但是對想早點知道內容的人來說，可能會覺得「什麼？加州？May？誰呀？」花了十頁的篇幅，在說明為什麼想寫這本書。

為什麼外文書總是這麼冗長？我的假說是，可能因為作者設想的讀者，是「愛書人」。他們的目標客群願意購買高價書籍，因此寫作時是以

「讀者願意花時間讀」為前提。所以作者才會慢慢鋪陳，一步步點明主旨，引讀者入勝。

假如你是知名作家，想必讀者一定不會抱怨、願意閱讀。但如果你不是大咖作者，這樣寫的風險太高了。

所以**最好先說「結論」**。

簡單好懂也是原因之一，但更重要的是，因為大家沒有時間。以西式全餐來說，大家根本沒時間從前菜開始吃。若前菜的法式凍派很一般，讀者馬上會轉身離開，就算在那之後，有極為美味的烤鴨肉等著上桌。

把文章打造成「堅固的家」

寫文章要先說**「結論」**。

再說明**「理由」**、**「範例」**、**「細節」**作為補強。

比如，像這樣的文章。

結論　理由　範例

做筆記很重要。

因為必須把時間分給創意發想。若想把時間用在「真正重要的事情」上，做筆記就顯得很重要。

比方說，「會議上討論什麼」、「那裡坐了幾個人」等資訊，是單純的「事實」。而思考如何從中發揮創意，則是「創造力」。為避免把時間花在「回想過往的事實」，所以必須做筆記。

一開始就把結論講清楚，再說明「為什麼那樣說」，講明理由。如果還是不太好懂，就舉例補充說明。

「理由」和「範例」兩者皆能補強論述。若內容已經很簡單好懂時，使用其中之一即可。總之，為了讓結論更完整，使用「理由」或「範例」是基本。

結論

想集中精神做事時，不可以把手機放在身邊。

細節

當你心想「好，開始動工」的瞬間，「叮咚」ＬＩＮＥ的訊息通知響起。想說「來查點東西好了」，一拿起手機便滑起推特。這些情況是不是很常見？

範例

手機是誘惑的來源，不斷有新資訊湧進來。

範例

想集中精神做事，就必須阻斷新進的資訊，把注意力放在眼前的事物上。

結論跟其他要素，可以像左頁的圖解那樣，用房屋般的結構來說明。

先把結論放在上頭，然後在下頭用理由或範例來支撐。

如果理由和範例有很多個，梁柱增加，便能架構出「堅固的」文章。

「結論」與其他要素

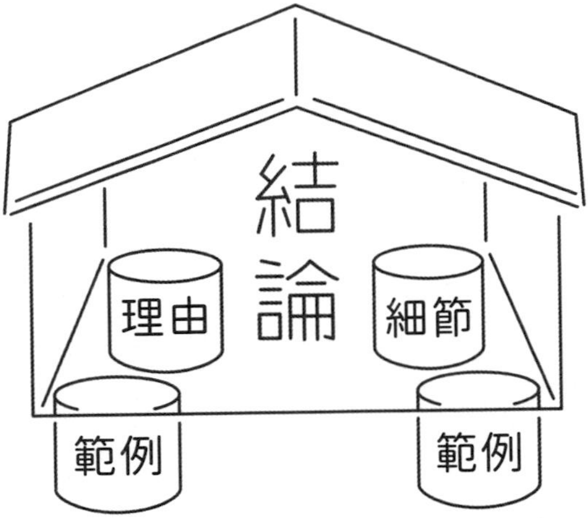

CASE 1

結論：要是工作遇到瓶頸，「徹底調查」非常有效。

細節：仔細研究並了解合作夥伴，全面性地閱讀相關書籍和資料，「掌握」各種資訊，便能找到突破點。

範例：製作書籍，不知道「該如何統整」時，仔細調查後，通常都可以找到方向。最糟的做法就是「獨自煩惱」。

CASE 2

結論：「工作氣氛好的職場」生產力高。

細節：因為不分上司下屬，彼此溝通順暢，讓事物可以順利推進。

範例：「工作氣氛差的職場」生產力低。很難找皺著眉頭的上司說話，也不想跟關係緊張的部門來往。如此一來，溝通當然不順暢，事物的推進也就停滯不前。

文章有無「重心」？

寫作的原則就是，一篇文章只講一件事情。

有時會看到一篇文章當中有多個結論，也就是多個「想表達的東西」。雖然我懂什麼都想說的心情，但文章重點太多，會給人鬆散的印象。

「這個想講，那個也想說」，若把各種東西都塞進文章裡，讀者既無法理解，也很容易過目就忘。

比方說像這樣的文章。

我很喜歡運動、活動身體，也喜歡在家打電動。所以當別人問，你是室外派還是室內派？我都很難回答，因為我有很多興趣。像我最近迷上看Netflix影集。然後還有閱讀，我從小就很喜歡看書。我的閱讀興趣很廣泛，各種不同類型的書都讀。工作上有煩惱時，我會讀商管書。對我來說，商管書就像是能量飲料。另外我也很常閱讀小說。大家都說看小說沒什麼用處，但我不那麼認為。看小說可以體會不同立場者的想法，培養想像力。最近社群網站誹謗中傷的問題嚴重，我常想，如果大家都去讀小說，應該就能想像別人的感受，變得溫柔、有同理心。

這篇文章的「結論」、「最想表達的東西」是什麼？是「我有很多興趣」？「迷上看Netflix影集」？還是「從小就很喜歡看書」？

假設這篇文章的作者，最想表達的是「小說很有用」。把這個訊息放到最前頭，並整理成下文。

Good!

小說很有用。

跟商管書不同，大家都覺得小說沒有什麼用，但我不這麼認為。

看小說可以體會不同立場者的想法，培養想像力。

最近社群網站誹謗中傷的問題嚴重。

如果大家都去讀小說，應該就能想像別人的感受，變得溫柔、有同理心。

這樣寫，一看就知道作者想表達什麼。直接講結論，讀者才不會看一看就覺得膩了。

「不曉得重心在哪」，看不出重點的文章，容易表達不清，影響力有限。

重心，也就是最想表達的東西，是訊息的核心。

就像打雪仗時會捏雪球。如果那時沒有捏緊，雪球鬆鬆軟軟的，丟出去可能只會飛個一公尺。但如果捏出堅固的雪球，並穩定好「重心」，雪球丟出去一定可以飛得比較遠。寫作也是類似的道理。

沒有重心的文章，無法傳遞清楚訊息。寫完文章後，請冷靜地思考一下，「我究竟想表達什麼？」然後把想說的東西，果斷地拿到文章的最前面，這樣應該可以寫出簡單好懂的文章。

留下重要的地方就好

文章有太多不必要的資訊，會讓人看不懂。

以剛才的例子來說，「我有很多興趣」的冗長鋪陳，跟喜歡看Netflix等等資訊，根本不需要寫出來。

假設你寫了一萬字，其中八千字一點都不有趣的話，就把文章刪成兩千字。要能拿出這樣的勇氣。「好不容易寫這麼多，刪掉太可惜了！」我能理解這樣的想法。但保留無聊的內容，結果沒人願意看，才真的是「太可惜了」。那個時候，必須變身為「嚴格的編輯」，大刀闊斧地刪去不必要的部分。

「不要，我也想要講興趣。」如果你這樣想的話，就把文章拆開，再寫一篇「我有很多興趣」的文章。

一篇文章當中，不要塞進多個訊息。「這個想講，那個也想說」，會使文章的「重心」分散。

CHAPTER 2重點整理

這樣做，文章簡單好懂

01

這篇文章，你自己有理解清楚嗎？不要寫出自己也看不懂的文章。

02

文章盡量簡潔有力。問問自己「這句真的有必要嗎？」謹慎地刪減文章。

03

一篇文章不要傳達多個訊息。把最想表達的東西放到最前面。

04

身為作者，寫作時，要弄清楚自己到底想表達什麼，並想像「讀者」會怎麼想。沒人想看自言自語的文章，要寫出讀者好懂易讀的文章！

專欄

讓取材和撰稿更方便的七大工具

這裡想跟大家介紹，我取材和撰稿時使用的工具。

1 錄音筆（OLYMPUS DM720）

取材時，我總是隨身攜帶這支錄音筆。選擇這支錄音筆的原因在於，錄音筆有ＵＳＢ接頭，可直接插電腦傳輸檔案，以及是用電池供電很方便。

2 燕子牌Ａ5筆記本

取材時，我是使用燕子牌的Ａ５筆記本。它可以夾在記事本裡，不會忘記攜帶。用最原始的方式做筆記時，我都統一寫在這本筆記本上。

3 三菱 JETSTREAM 原子筆

我用過很多種原子筆，這支寫起來最滑順，不會出墨不順，所以我就一直用到現在，大概用了十年左右。而做筆記或修改打樣時，我也都是用這一支。

4 MacBook Air 筆電

沒有什麼特別要說明的地方，我主要就是用這牌。

5 Pomera 數位打字機（DM100）

MacBook Air很方便，但有個難處，那就是它能上網，容易讓人分心。所以，當我想集中精神撰稿，我就會使用Pomera數位打字機。Pomera是撰稿專用的小玩意兒，是小巧輕便的「文字處理機」。

想集中精神的時候，我就會把資料存到Pomera數位打字機，然後窩在咖啡店寫稿，如此稿子的進度絕對飛快。

6《世界名言大辭典》（梶山健編著，明治書院）

這也是個寫作的小技巧，放點名言佳句，能為文章增添點趣味。很多書都用名言作為開頭對吧？看到名言佳句，不知為何說服力就大增，文章也顯得有深度。所以我總是把這本書放在觸手可及的地方，沒事就翻翻。

7《新聞預報》（共同通信社）

共同通信社每年都會定期出版這本書，網羅一整年主要的活動。要是我沒有靈感，這本書是擬定企劃的好幫手。

第 3 章

文章沒人看，好痛苦

讓文章「觸及到更多人」的方法

文章「沒人看」很正常，所以……

前面以「人人都能寫出文章」為主題，說明了如何寫出「簡單好懂的文章」。

接下來要討論的寫作技巧，是更上一個層次的東西，不只要讓文章簡單好懂，還要讓文章「觸及到更多人」。

這樣講可能有點嚴厲，但**大家都「太希望別人讀自己的文章」**。

在推特等社群網站上，常常可以看見，作者寫道「這篇文章值得一讀！」我總是覺得「為什麼？」

「歡迎點閱！」這樣寫當然沒什麼不好。

但每次都「強迫推銷」，會被人討厭。應該要透過標題和內容，以讓人「不自覺就點開來看」為目標。

請記住，文章「沒人看」很正常。

現在是資訊爆炸的時代，不是只有教科書，還有漫畫、Netflix、YouTube等等，各種影音娛樂滿天飛。在各式各樣有趣的內容當中，如果沒特別去思考**「為什麼讀者要閱讀這篇文章？」**寫出來的東西就很容易遭到忽略。就算你跟讀者說「有空的時候再看看」，但現在這個時代根本沒人「有空」。

每個人都可以在網路上發表文章，這也代表著，所有人寫的東西都可以跟專業作家競爭。**訊息的傳遞越來越簡單，但讀者願意點開閱讀的難度日益增加**。

有些人會找我商量「為什麼我寫的東西都沒人看？」甚至說「雖然我知道大家不會看到最後……」但大部分的人都太天真了。別說是看到最後，大多數時候文章都是遭到忽略，連點都沒被點開。

「寫作」這件事，每個人都做得到。

所以才會有人覺得「作家或撰稿人的工作，我應該也做得來」。但其實只有一小撮人才有辦法靠寫東西吃飯。

「唱歌」也是同樣的道理。

某種程度上，大部分的人都會「唱歌」，很多人唱卡拉ＯＫ時也能拿到高分。但是用唱歌來賺錢就非常困難。

「說話」也是一樣。如果只是講講話，誰都會。但要像Downtown諧星二人組，光靠講話就賺上上億日圓，恐怕是天方夜譚。

正因為「寫東西大家都會」，所以要靠寫作餬口是相當辛苦的事。「文章沒人看很正常」，這個事實可能會讓人有點沮喪，但至少做好心理建設，應該能讓你與其他人拉開距離。

文章要讓「沒有好奇心的人」也願意看

寫作，必須要有好奇心。真的就是那樣。隨時吸收新知，徜徉政治和經濟、環境問題、國際議題等的世界，隨時隨地保持好奇心。而精通了某個領域的知識後，那毫無疑問能成為自己的利器。

另一方面，想讓更多人閱讀自己寫的文章，就必須讓「沒什麼好奇心的人」也願意點開來看。要說好奇心旺盛的人有什麼弱點，其弱點就在於容易認為，「大家一定也有興趣」。好奇心旺盛的人對任何事情都很有興趣，所以容易誤以為，其他人也跟自己一樣有興趣。

其實我的好奇心沒那麼旺盛。我關心日常生活，也能察覺到生活中的小細節。但我不會遍讀各種領域的書，反而比較喜歡看綜藝節目。

我的好奇心沒那麼旺盛，所以我知道沒好奇心的人在想什麼。正因如此，我總是想著要怎麼寫出，「讓沒好奇心的自己，也願意閱讀的文章」。

相反的，**用「大家應該都有興趣」的心態寫出來的文章，沒有人要看**。

如果希望文章有更多人閱讀，就必須讓沒好奇心的人，也願意點開來看。寫作時請隨時謹記著這點。

你想寫的東西，讀者想看嗎？

作者「想寫的東西」和讀者「想看的東西」大多不一致。

接下來我想跟大家聊聊，我在出版社擔任編輯時的經驗。

編輯會向作者候補人選提新書企劃。**提案時我會特別注意的地方是，找出「作者想寫和讀者想看」兩者重疊的部分**，而不是企劃「作者想寫的東西」。也就是「在作者想寫的，和讀者想看的東西之間進行磨合」。

比方說，就算作者「想寫跟溝通有關的東西」，有多少讀者想聽那位作者談溝通？那時必須冷靜地掌握狀況，找出「想寫」和「想看」重疊的部分，說不定讀者比較想聽作者「對金錢的看法」。

人比想像得還要不知道「自己的強項」在哪，不太懂「應該要寫什麼，讀者才會感興趣」。

正因為如此，由編輯客觀地掌握作者的強項，提出最佳的寫作主題很

你「想寫」的東西，大家未必「想看」

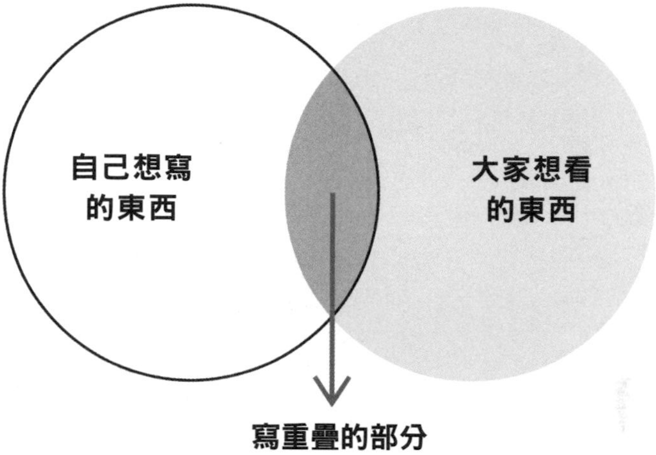

重要。

回應讀者想知道的東西，同時也讓作者寫他想表達的東西，這會是最好的結果。

選擇能吸引人的演講題目

順帶一提，不知道自己應該要寫什麼樣的主題時，我會這樣建議。

「想想看，假設你要演講，什麼樣的主題能吸引到人前來聆聽？」

如果你是稅務顧問，大部分的人應該會想聽跟「稅務」和「金錢」相關的主題。若是心理諮商師，觀眾想聽的應該會是「心理學」。

再來，實際演講時，又會有多少人前來聆聽？想像一下這個場景，就會找到自己應該要下手的主題。

我也遇過這樣的事情。

有位會計師前來提案，說他「想寫自我啟發的書」，我就建議他「不好啦。你是會計師，與其寫自我啟發的書，不如寫本跟稅金和金錢相關的書。」結果對方很驚訝，「咦，寫那麼理所當然的東西可以嗎？」「自己想表達的東西」和「大家想聽的東西」，意外地很有差距。很多人都沒注意到這點。

其實，想找到適合自己的主題，尋求編輯的建議是最有效的。只不過一般人無法向編輯徵求意見。

這個時候，**你可以向周遭的人，例如家人或朋友詢問看看。「你覺得我可以寫什麼？」「你有沒有什麼想要問我？」說不定能夠因此找到意想**

不到的主題。

另外就是在推特等社群媒體上持續發文。在那過程當中，應該可以有所發現，像是「沒有人對這類主題有反應」、「這樣的內容很受歡迎」等等。重點就在於，能不能客觀地審視自己。

這樣講，大家可能會想說「那不是在迎合讀者的喜好嗎？」也可能會想，寫自己想寫的東西，有什麼不對。但並非如此。

因為努力寫的文章發出去卻沒人看，太可惜了。想讓自己的想法傳遞出去，就必須在傳達的方式上下點功夫。而且，想讓大家願意聽自己說話，從「回應讀者的期待」著手，是最有效的策略。

不要成為「連自己做的菜也不吃」的廚師

另一個寫作的重點就是，必須隨時思考**「如果自己是讀者，真的想讀這篇文章嗎？」**

請想想看，會有廚師端出菜餚，然後說「雖然我不想吃，但是請嘗嘗看」嗎？有哪個廚師會說，「味道不是很好，總之是個蛋包飯。」

大家應該不會想去那種餐廳。

但是在文字的世界，這種事情卻頻繁發生。

「請你針對○○寫篇一萬字的文章」，針對編輯的要求，有些專業撰稿人會回應「總之我拼湊出一萬字了，雖然內容一點也不有趣……」「我自己也不想看第二遍，但好不容易寫出來了，就請你讀讀看。」但這種文章有誰會想看？

做菜時也是。「這很好吃，你吃吃看。」這樣講才正常。自己覺得「很好吃」，所以推薦給別人。但不知道為什麼，換成是「寫作」時，卻有很多人會說「我寫了篇文章，總之請你讀讀看。」

寫作時，也必須站在客戶（讀者）的立場思考。

也就是「客觀」思考。

客觀指的是，站在客戶的立場思考。寫作時不能只從主觀的立場來寫，也要從客戶的觀點出發。

「這篇文章，如果我是客戶（讀者）真的會看嗎？」

「假如我是客戶（讀者），會覺得有趣嗎？」

寫作時千萬別忘了這點。

沒有人會因為「客氣」而閱讀你的文章

為什麼我前面講得這麼嚴肅？

那是因為，沒有人會因為「客氣」而閱讀你的文章，沒有人會那麼溫柔體貼。

朋友或家人可能願意讀你的文章，但毫無關係的陌生人，不可能會說「這個人寫得這麼辛苦，點開來看看好了」。就像前面說過的，沒有人有這麼多閒時間。

如果想「透過寫作取得收入」、「以寫作維生」，更要認清這個事實。

沒有人會因為「客氣」，而花一千三百日圓買你的書。

你願意花多少錢來買自己的文章？

幾乎所有人都是「真心」想看，才花錢購買的。讀者覺得「很有幫助」、「似乎非常有趣」，所以願意花錢。

讀者是「真心」地選購內容，因此內容提供者也必須「真心」地製作內容。

「這樣寫大家應該有興趣」、「這個主題當紅，寫了總會有人看」，抱著這種半調子的心態，寫出來的文章沒有人會感興趣。

寫作時必須留意，要寫你真心想讀、覺得有趣的東西。

如何設定目標讀者？

常常有人問我，「寫文章時，應該要設定目標客群嗎？」也有編輯會說，「要釐清自己寫的東西，是針對什麼樣的族群。」

但我的目標客群，一直以來都是「我自己」。

寫「自己想讀的東西」，做「自己想買的書」。

有些人可能會覺得，「什麼！自己想看的文章？那讀者不就只有自己一個人嗎！」

沒那回事。在我身後，有幾千人跟我有相同的想法，運氣好的話說不定有幾萬人。

有個理論叫「分人主義」。

分人主義是由作家平野啓一郎所提倡的概念，簡單來說，就是「人是各種人格的集合」。

「individual」翻成中文是「個人」，原本的意思是「已經無法再分割」，但平野對此提出異議。

個人當中，有各種不同的人格。獨立的個體當中，也有多個面向與面貌。因此平野認為，我們人不是「個人」，而是「分人」。

例如，「跟家人講話的自己」和「跟上司講話的自己」，哪個才是真正的自己？「跟朋友講話的自己」和「獨處的自己」，哪個才是真正的自己？應該有不少人想過這樣的問題。

有別於「真正的自己是核心，而核心的周圍有好幾個偽裝的自己」的想法，平野認為「每一張臉都是自己」。

在「我」這個人當中，有許多人格，存在著各種不同的自己。其中存在著「看到小狗覺得好可愛的自己」，也有「因為忌妒別人而感到煩躁的自己」。有「必須念書」認真的自己，也有「想喝啤酒懶散生活」墮落的自己。

順帶一提，大部分出版社的企劃書，都會有一欄要填「目標客群」。

比如填上「二十多歲從業女性」、「四十多歲男性管理職」等等，但每次在寫這一欄時，我都會很煩惱。因為我覺得用「〇〇歲的男人」、「職業為〇〇的女人」，來區分讀者很奇怪。

從分人主義／理論的觀點來看，六十多歲的男性也會有可愛的一面，二十多歲女性的想法也能很有遠見，人的內在越來越多元。因此我認為，依據年齡、性別、職業等等來區分人，恐怕已經不符合時代的潮流了。

就算寫出來的文章，是獨一無二的自己想看的，但你心中認為「這本書有趣的要素」，其他人應該也有同樣的想法。你「覺得小狗很可愛」、「忌妒別人」，其他人也會有相同的感覺。所以我才想**藉由寫自己想看的文章，讓文章接觸到更多的人**。

用「放大鏡理論」，把訊息傳遞給特定某人

然而，有時也會出現必須以「他人」，而非「自己」為目標客群的情

況。那時，必須注意的地方是，要**「把訊息傳遞給特定某人」**。

不要把目標客群設得模糊不清，像是「四十多歲男性」、「二十多歲女性」。要以「特定某人」作為目標客群，例如「自己的父親會想讀的內容」、「讓姪女○○想看的東西」。要是**抱著用「總會有人想看」的心態，寫出來的文章非常可能「沒有人想看」**。

小學時，大家應該都做過，用放大鏡聚焦太陽光，讓白紙燒起來的實驗。那時，若聚焦範圍太大，就無法讓紙燃燒起來。相反的，讓太陽光集中在一個點上，才有辦法讓紙冒出煙、燃燒起來，越燒越旺。

目標客群的設定，也是同樣的道理。

將目標鎖定為特定「某人」，一旦點燃火焰後，火勢便會往四周擴散出去。若一開始聚焦的範圍太大，只會讓周圍溫溫的而已。

因此，如果想讓文章接觸到更多人，先吸引「特定人士」願意閱讀文章，反而最有效果。

目標模糊不清，無法吸引讀者閱讀

聚焦範圍過大，燒不起來。

讓焦點集中在一個點上，點燃火焰。

成為「天真的書寫者」和「嚴厲的編輯」

想寫出讓人想看的文章，就必須**在心中塑造出「書寫者」和「編輯」兩個角色**。

具體來說要怎麼做？讓我們來看看寫作的流程。

第一步，先從頭到尾「主觀」地書寫。

不要想太多，把想到的東西通通寫出來。文章不通順、用詞不準確也沒關係，而是順應著自己的想法、心情。有沒有邏輯的問題，也暫且放一邊。總之，一直寫就對了。

別去想「這裡是不是寫得太淺了？」「這個想法是不是一點也不有趣？」不要糾結於細節，天真地一直寫下去就對了。

寫完之後，就是下一個階段的開始。

一旦你把文章靜置一段時間後，請把自己的角色切換為「編輯」。

這時，放在你眼前的，應該是篇「很偏頗、很主觀的文章」。

接著，再從客觀的角度閱讀，從「文章通順度」開始，「這裡寫的東西是錯的」、「這裡不合乎邏輯」、「這裡是不是講得太過頭了」等等，客觀地審視並修改。

針對文章給意見，人人都會

突然要「成為編輯」，有些人可能會覺得很困難。但你能夠成為編輯，因為我們擅長指出「別人文章奇怪的地方」。

人本來就很擅長站在客觀的立場，來觀察事物。

比方說，你應該有辦法客觀地評論新聞。像是雅虎新聞的評論欄，人人都會寫。看完電影，要下「很無聊」、「很普通」的評價也很簡單。若是懂評論的人，甚至能夠提出更精準的評價，如「演員陣容不太好」、「開場太突如其來」等等。

同樣的道理，看別人的文章時，大部分的人都能指出文章的問題，像是「總覺得怪怪的」、「好像不怎麼有趣」。

從主觀的角度書寫時，未能發現的事，透過編輯的眼睛，客觀地審視後，應該能夠提供一些意見，「可以再放一點具體的內容」、「這裡前後不連貫，加上這段話應該比較好」。「這裡寫得很好」、「那裡寫得不太好」，出乎意料的，任何人都能提出意見。你可以「將文章靜置一段時間」後試試看。

大部分的人進到出版社工作後，都能成為編輯。但是去上寫小說的課程，能成為小說家的人少之又少。

寫的時候要邊誇邊寫，讀的時候要邊罵邊讀

在回頭閱讀所寫的文章時，盡可能成為嚴厲的編輯。

「這是不是有點無聊？」一邊思考一邊推敲，文章就會變得越來越有

趣。

例如像這樣推敲文章，「看五行就看不太下去了……這裡加個有趣的標題好了」、「這個例子沒什麼說服力，換一個好了」。

這個方法的重點就在於，在書寫的階段不要太嚴苛。

假如在寫作的階段是「嚴厲的書寫者」，真的就會什麼也寫不出來。書寫時，要抱持著一顆單純的心，邊寫邊誇自己，「真是太棒了」、「我真有趣」。然後回頭閱讀時，要嚴格地檢視自己，「批改」自己寫的文章。

好文章是「主觀和客觀之間一來一往」而成的東西。因此，寫作時一人身兼兩個角色，是提升文章品質的訣竅。

萬年不敗！五大主題，讓對方認為是「自己的事」

想寫出吸引人閱讀的文章，尋找寫作主題的方法，就顯得非常重要。第一章希望幫助大家克服「沒東西可寫」的問題，但其實想隨時隨地都能找到「可作為話題的題材」，相當困難。

那該怎麼做，才有辦法生出「吸引人的寫作題材」？關鍵字是「自己的事」。

在行銷業界，把消費者的需求當作是「自己的事」很重要，寫文章也是同樣的道理。事實上，能夠讓讀者覺得「跟自己切身相關」的主題，一定可以寫成文章。透過選擇那樣的主題，要找到吸引人的寫作題材，應該相對輕鬆。

有五種能量豐富的主題，容易讓人視為「自己的事」。一旦你不知道要寫什麼好，可以從這些主題當中，挑一個出來思考看看。

> ①金錢（包含工作、工作型態）②食慾 ③戀愛、婚姻、家庭 ④健康 ⑤教育

首先，①金錢、工作、勞動方式等相關題材豐富，當然有很多東西可以寫。因為很多人都在思考「如何才能賺更多錢」、「怎樣才能開心工作」。

②食慾是人類的原始本能。美食和佳餚的主題絕對是歷久不衰。

③戀愛、婚姻、家庭，也是人生不可或缺的部分。隨著時代的演進，會越來越重要。

④健康，只要人有生存的本能，這個話題就會持續不歇。

⑤教育、育兒也是個題材豐富的主題寶庫，很多父母都覺得「孩子的

事情比自己的事情重要」。也有很多人為了孩子的教育，不惜砸下大筆金錢。

而且育兒沒有唯一正確答案。大家都是初學者，沒有對錯。因此，育兒和教育類的題材，是橫跨所有時代最強的主題。

如果要再多加一項的話，應該就是「教養」了。大部分的人都不喜歡被說，「怎麼連這個也不知道」，不想丟臉。這個**「不想丟臉」的想法，也能帶來豐富的寫作題材**。

結合自己擅長和專業的領域

選擇這五種「不敗」的主題，很難失敗，但競爭也相對激烈。比方說，跟金錢相關的文章，在網路上多到滿出來。

這時重點就在於，將那些主題，與自己擅長和專業的領域結合在一起。

通曉昆蟲的人，寫了跟昆蟲相關的文章，可能也沒有多少人願意看。

那個時候，可以試著跟③戀愛、婚姻的主題結合看看。

如此一來，〈為什麼昆蟲會外遇？〉的文章就誕生了。這樣的文章應該有人會有興趣閱讀。

旅居法國的人，如果只是寫在法國生活的點滴，可能沒有什麼人要看，但〈法國育兒法好驚奇！〉的文章，應該可以吸引人閱讀。

寫作時，試著把**「自己擅長的領域」和「充滿能量的五大主題」結合起來**看看。

讓所有人都看得懂，只有自己才寫得出來的東西

「寫作的祕訣為何？」這個問題，作家井上廈早已用極為簡單、直搗核心的方式回答了。

「寫作的訣竅很簡單，用一句話來說，就是把『**只有自己才寫得出來**

的東西』，寫成『所有人都看得懂』的文章（中間省略）。

文章之所以有趣，是因為寫的人，將只發生在他身上的事、那個人獨特的想法、只有他才想得出來的事，寫成極為淺顯易懂的文章。那樣的文章才能打動人心。」

——《井上廈與一百四十一個夥伴的作文教室》

井上先生說，社會上有些學者常常「把大家都寫得出來的東西，寫成人人都看不懂的文章」。

的確有些大學老師寫的書，會用非常迂迴的方式，來表達「A＝B」這種簡單的事。那可能是所謂的「學問」，但那樣的文章恐怕很難讓更多人閱讀。

井上先生不斷思考「何謂好文章」，最後得到這個結論：讓所有人都能看懂，只有自己才寫得出來的東西。

當你煩惱著「為什麼文章沒人看？」的時候，或許可以思考看看，如何**「讓所有人都看得懂，只有自己才寫得出來的事物」**。

牢牢抓住讀者的閱讀動機

沒人想看的文章，缺乏一種東西，那就是**「讓人想閱讀的動機」**。

沒人看的文章，缺乏讓人想閱讀的動機。聽起來非常理所當然，卻意外地容易受到忽略。

想讓人採取行動，就必須先讓對方有動機。

「需要錢所以工作」、「大家都說這部電影很有趣，所以選擇看這部」，就像這樣，行為的背後一定存在著動機。

因此，想讓人閱讀文章，就必須創造出「為什麼要看這篇文章」的動機。

而創造動機最有效的方法，就是明白指出，「讀這篇文章有什麼好的」，也就是**「說明有何好處」**。

盡可能放上「成分」和「功效」

關於說明有何好處，藥物的包裝可以作為參考。

如果你的手邊有藥物或能量飲料，請看一下上面寫著什麼。包裝上頭應該寫著「成分」和「功效」。

像是「牛磺酸一千毫克！強健體魄，恢復體力」，或是「布洛芬配方，有效對抗各種感冒症狀」等內容。

雖然不太清楚牛磺酸和布洛芬到底是什麼東西，但看起來很厲害。接著是功效。要是連功效都沒寫出來的藥，一定賣不出去。就算包裝上有寫著「牛磺酸配方」，看了心中應該也只有滿滿問號。相反的，**明確寫出成**

讓人不由得想伸手拿的包裝

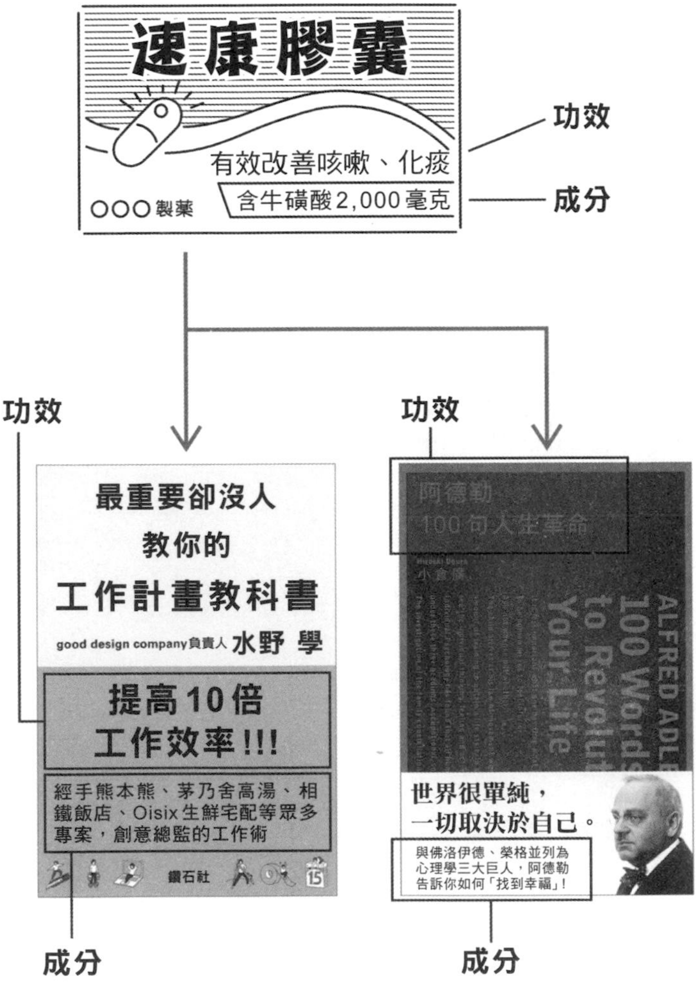

分和功效，才有辦法吸引到人。

我在製作商管書時，也總是留意有無明確寫出「成分和功效」。因此，標題和封面一定要盡可能放上「成分和功效」。

去逛書店時，應該可以發現暢銷書的書名大多是《改變人生的○○》、《實現夢想的○○》。這個時候，把成分代入○○，功效就會變成「改變人生」、「實現夢想」，也就是明確指出「看這本書會帶來什麼樣的好處」。

大家可能會覺得，這個建議「好像有點拙劣」、「沒什麼特別的」。但**人會對標示出好處的東西感興趣，是不爭的事實。**

自己寫的文章，有對讀者有幫助的內容嗎？

讀了文章後，對讀者能帶來什麼好處嗎？

能否留意這點，將會影響讀者數量的多寡。

讓文章跟上「趨勢潮流」

這章討論的重點，也就是「**做行銷**」。

今後，網路將是書寫者的主戰場。在網路時代，如果想把自己的文章推銷出去，市場行銷會是必要且不可或缺的。

過去書寫者只要把文章投到雜誌或寫成書，市場行銷交給編輯就好。比方說，只要投稿到《週刊文春》雜誌，文章就會送到讀者手上。

但是換成在網路上發表文章，沒有人會幫忙行銷。當然，如果文章是發在有影響力的網路媒體另當別論。但若是在推特或部落格等平台，自己寫文章推廣，行銷敏感度就變得很重要。

使用網路，誰都可以發表文章。但相反的，沒有人會幫忙宣傳。想成為網路時代書寫者，有無「行銷敏感度」，是能否成功的關鍵因素。

而行銷的關鍵字就是「**趨勢潮流**」。

在網路時代，掌握「當前的趨勢潮流」，讓文章跟上時代潮流相當重要。能掌握到趨勢潮流的人，能讓文章傳播出去。相反的，掌握不到的人，文章寫得再多，也只是苦於「為什麼文章都沒人看」。

比方說，我搭上的潮流是「社群媒體時代的編輯」。雖然網路上的內容爆發性成長，但網路文章的編輯卻未能跟上成長速度。因此，「社群媒體時代的編輯」、「網路媒體時代該如何編修文章」，這類主題一定能吸引到人，我應該能脫穎而出。

文章的脈絡就像是「街道」。有狹窄的巷弄，也有許多人行走的大馬路。在哪條街上開店才能成功？寫作時，留意「讓文章搭上什麼樣的趨勢，能夠吸引人閱讀？」相當重要。

好文章是給讀者的「情書」

這裡困難的地方在於，過度思考、執著於市場行銷，反而寫不出真正有魅力的文章。

相反的，想著**「要向世界傳遞什麼樣的訊息？」「什麼樣的話題能讓大家開心？」才是應該要保持的心態。**

想想看，音樂人當中，也有分吃不飽穿不暖的音樂人，跟專業的音樂人。為什麼有這樣的差距？

是差在音樂好不好聽嗎？有人非常會唱歌，但成就就只是跟朋友去唱卡拉OK，得到「你唱得真好」的評價就止步了。但也有沒那麼會唱歌的人，卻能夠參加紅白歌唱大賽或得到唱片大獎。

兩者差在哪？

我認為關鍵差異就在於，「那個人的歌聲能讓多少人開心」。歌唱得再好，如果沒能給人帶來快樂，就沒辦法當飯吃。反之，唱得再怎麼差，只要有人喜歡，就可以拿來當成工作。

想要寫出吸引人閱讀的文章，就必須經常思考，如何讓人開心。聽起來很理所當然，但重點就這樣而已。

本書會介紹各種寫作技巧，但技巧本身並不重要，隨時把焦點放在對方身上、思考該怎麼做才重要。

製作《商務人士的誘導之術》這本書時，義大利裔作者法蘭契斯可・貝利西莫（Francesco Bellissimo）曾說：**「不受歡迎的人愛講過去，受歡迎的人談的則是未來。」**

不受歡迎的人，會拿出畢業紀念冊，滔滔不絕地一直講過去的事，「我以前長這樣」、「我在運動大會上拿過冠軍」。

而受歡迎的人則是拿出旅遊書，問說「要不要一起去哪玩？夏威夷感覺很不錯」，提出明亮、快樂，有彼此的未來。

為他人著想的人，會比只想著自己的人，更容易成功。這也可以應用在寫作上。

「為對方著想的心」能孕育出好文章

好文章，就是封好情書。

差勁的情書，第一句就從告白開始。

我好喜歡你！請跟我交往！我真的真的好喜歡你！

這種策略有時可能會成功。或許有些人因為不敵對方的熱情，而願意交往。

但大部分的情況都是「讓人嚇得退避三舍」，被說「好噁心」後就沒下文了。會變成那樣，就是因為完全沒考慮對方的感受。

好的情書，是仔細考量了對方感受的文章。從對方應該有興趣的話題切入，或是以「你突然收到信可能有點吃驚」作為開頭，引發對方的同理心。接下來，就可以更進一步地表達自己的想法，讓對方了解自己。

但是在表達心意時，不要寫「請跟我交往」，而是要若無其事地告訴對方，跟自己交往有什麼好處。

「跟我在一起，每天都會很開心」、「有困擾時我會幫助你」，像這樣用不惹人厭的方式表達，應該能吸引到對方。

寫作時請想一想，寫出來的文章是不是「為對方著想的情書」？有沒有只顧著講自己？能確實為對方帶來好處嗎？「為對方著想的心情」，可以孕育出吸引人閱讀的文章。

那具體來說該怎麼做？讓我們往下一章繼續看下去。

CHAPTER 3 重點整理

這樣做，文章能吸引人閱讀

01

選擇「自己想寫和讀者想看」兩者重疊的主題。能讓人覺得「跟自己密切相關」的主題最好！

02

寫作時，要以自己或「特定某人」為目標客群。

03

成為嚴厲的編輯，客觀檢視自己寫的文章「有不有趣」。

04

留意標題和包裝的「成分」和「功效」，並放入讓讀者開心的內容。

專欄

文章寫得好，請託和談判能力也會提升

提升寫作能力，也能提高請託和談判能力。

要寫出淺顯易懂、讓人看得懂的文章，最重要的關鍵就在於「設身處地替別人著想」。思考「對方怎麼想」，提升想像力，也能在商場上帶來正面效果。

過去我在出版社擔任書籍編輯時，委託了許多作者「在我們家出書」。我寫了封電子郵件，委託知名的創意總監佐藤可士和寫書。

我在寫信時心想「像可士和先生那麼忙的人，寫信給對方，他很有可能連開都不會開」。另外，我覺得可士和先生，應該是思考非常有邏輯的人，所以用電子郵件簡潔有力地傳達，會比訴諸情感的信要來得好。

我在委託的電子郵件上下了點功夫，信中不是只有文字，我還附上書封設計，傳達「我們想做這樣的書」。我想請他寫一本書名叫《跟佐藤可士和討論磋商》的商管書，所以把書名和書腰的文案一併寄給他。

委託郵件的內容，先報上名號「我是哪間出版社的某某某」，以保證這封信的可信度作為開頭，然後馬上寫出結論，「我們想製作一本名叫《跟佐藤可士和討論磋商》的書。」接著寫道，「市面上有很多關於『會議』的書，卻沒有『討論磋商』的書。我們很想知道佐藤可士和先生，都怎麼和別人討論磋商。」

委託別人時，預測對方可能會提出什麼理由來「拒絕」，事先做好防堵很重要。例如，我在設想「對方會以什麼樣的理由拒絕」時，想到的是「單就『討論磋商』，根本寫不成一本書。」

所以我就在郵件裡，搶在被拒絕之前，先寫道「一個『討論磋商』的主題，底下有很多題目可以談。比如說，討論磋商前應該做什麼、討論磋商的時間和地點、討論磋商時要端出什麼茶水等等，可以寫的東西其實很多。」

另一方面，內文的長度如果只有五行，對方可能會覺得「有點隨便」，寫得太長，又會讓人覺得「太長很難讀」。所以我**把文章控制在，用電腦看電郵時，滑鼠滾輪「拉滾兩圈」的長度**。

然後在郵件的最後寫道：「如果您一點興趣都沒有，我就放棄了。但您若覺得這本書有一丁點機會，希望能跟您見個面聊一聊。」

這句話的目的在於，「降低回信的難度」。見面三分情，只要能見上面，就可以傳達我方的熱情和認真度。為了先和對方「見上一面」，我這樣安排了電郵內文的結構。

老實說，我不曉得那篇委託文有沒有發揮功效，但最後可士和先生欣然地接受委託，幫我們寫書了。

「選擇什麼樣的媒體」本身就是訊息

最近傳遞訊息的工具非常多，有LINE、即時通訊軟體、電子郵件、信件等等。因此，「選擇的媒體」本身就是「訊息」。

比方說，**對方是重視效率的人嗎？重感情的人嗎？不同類型的人，應選擇的媒體也會有所不同**。如果是前者，LINE或即時通訊軟體應該很適合。若是後者，可以用有禮貌的電子郵件或手寫信件聯絡。

我委託《週刊文春》時任總編輯新谷學寫書時，是透過手寫郵件聯絡。我向熟識新谷先生的人請教，「新谷是個什麼樣的人？」進行事前調查時，得知他是重感性勝過理性的人。

對方身經百戰，做過無數的採訪，玩弄把戲馬上就會被拆穿。所以與其用電子郵件，寫得條條有理，我手寫了一封充滿熱情的信，說明「我有多想做這本書」。

當然光有熱情，就希望別人答應請求，也太失禮了。光有熱情的人，只會「我真的好想跟你一起工作」，表達自己的期望而已，不太會去想對方會得到什麼好處。因此，**傳達自身熱忱的同時，也應該要若無其事地向對方表示，「對你來說應該也有好處」**。

我親筆寫了封信給新谷先生，信件內容如下。

「我想要成為最強的編輯，而我認為新谷先生以『文春砲』推動了時代的巨輪，是最強的編輯。希望有機會能聽您分享經驗。本次出版企劃的書名為《週刊文春總編輯的工作術》。希望能讓讀者了解到，《週刊文春》是如何做好查證，如何認真做好工作。」

後來順利得到新谷先生的允諾，我們一起出版了非常有趣的書。新谷先生答應出書的其中一個理由，就是我們的提案非常用心。

聽說當時有好幾家出版社，也去找新谷先生提案，希望他談談「八卦背後的祕辛」，像是藝人Becky外遇、議員甘利明收賄嫌疑的背後祕話。但我認為，那樣的出版企劃，對《週刊文春》沒有什麼好處，讀者恐怕也不會買單。相對於那樣的企劃，由專業的商管書出版社，推出「腳踏實地的工作術」，不但能提升品牌價值，也能回應讀者的期待。

從自己想做的事情，有助於對方的事情，以及回應讀者期待的事情之間，找到三者重疊的地方並實現它，是書籍編輯的工作。

第 4 章

內容好無聊，好痛苦

讓單調的文字「動起來」，要這樣寫

只有「資訊」，是沒有價值的

第四章想跟大家討論的是，文章除了「吸引讀者閱讀」之外，還要以「有趣」為目標。

在這個時代，想讓更多人看自己的文章，「趣味性」是必備條件。過去沒有網際網路，資訊量其實並不多，寫作以「大家都願意看」為前提即可。那時，每個人都渴望取得資訊，只要提供資訊，大家都願意閱讀。

但在網路時代，若文章不有趣，就沒人願意看。書寫者必須想辦法，讓讀者不會中途就膩了，而放棄閱讀。

到鄉下地方觀光時，時常可以看到史蹟的解說牌。像是「龍馬的出生地」或是「伊達政宗最後一戰遺址」的解說牌。我從來沒有把解說牌從頭到尾看完過。因為那些解說牌，大多是「資訊」的排列，看了一點感覺也沒有。比如，在明治神宮外苑，有個銀杏林道的解說牌，如左圖所示。

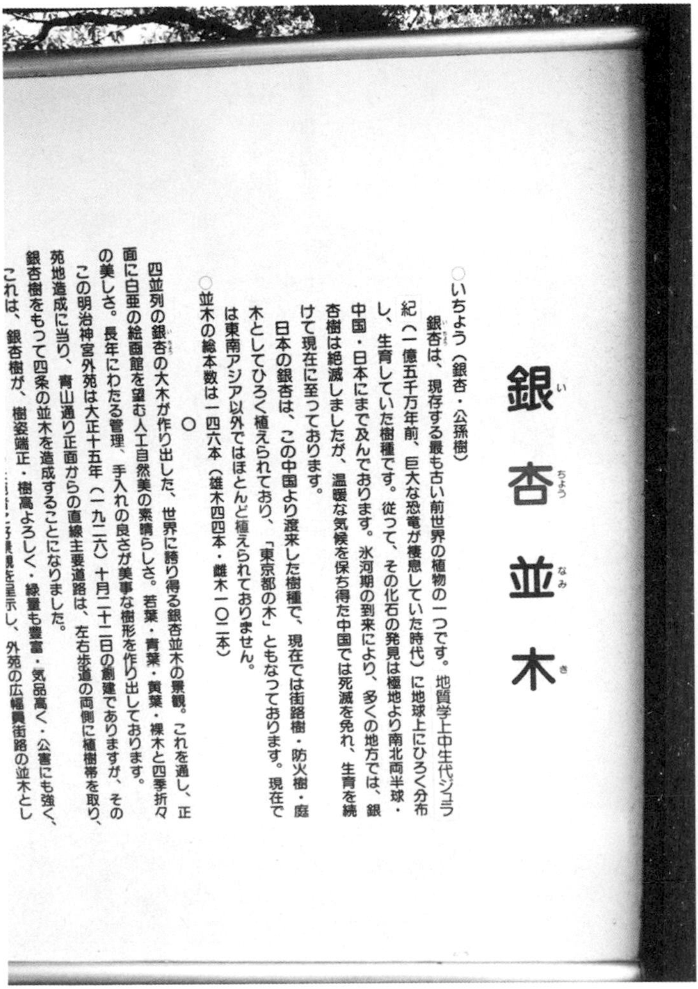
銀杏並木
○いちょう（銀杏・公孫樹）
銀杏は、現存する最も古い前世界の植物の一つです。地質学上中生代ジュラ紀（一億五千万年前、巨大な恐竜が棲息していた時代）に地球上にひろく分布し、生育していた樹種です。従って、その化石の発見は極地より南北両半球・中国・日本にまで及んでおります。氷河期の到来により、多くの地方では、銀杏樹は絶滅しましたが、温暖な気候を保ち得た中国では死滅を免れ、生育を続けて現在に至っております。
日本の銀杏は、この中国より渡来した樹種で、現在では街路樹・防火樹・庭木としてひろく植えられており、「東京都の木」ともなっております。現在では東南アジア以外ではほとんど植えられておりません。
○並木の総本数は一四六本（雄木四四本・雌木一〇二本）
○
四並列の銀杏の大木が作り出した、世界に誇り得る銀杏並木の景観。これを通し、正面に白亜の絵画館を望む人工自然美の素晴らしさ。若葉・青葉・黄葉・裸木と四季折々の美しさ。長年にわたる管理、手入れの良さが美事な樹形を作り出しております。
この明治神宮外苑は大正十五年（一九二六）十月二十二日の創建でありますが、その苑地造成に当り、青山通り正面からの直線主要道路は、左右歩道の両側に植樹帯を取り、銀杏樹をもって四条の並木を造成することになりました。
これは、銀杏樹が、樹姿端正・樹高よろしく・緑量も豊富・気品高く・公害にも強く、
景観を呈示し、外苑の広幅員街路の並木とし

銀杏（公孫樹）

銀杏，是現存最古老的史前植物之一，存活於地質學的中生代侏儸紀（一億五千萬年前，巨大恐龍生存過的時代），廣泛分布於地球上。因此，銀杏的化石遍布全球，從極地、南北半球、中國、日本等地，都可以看到它的蹤跡。冰河期的到來，使許多地方的銀杏樹都滅絕了，但銀杏在氣候溫暖的中國倖存下來，存活至今。

日本的銀杏，是從中國傳過來的樹種。現在銀杏經廣泛種植為行道樹、防火林、庭園樹木，成為東京都最具代表性的樹木，有「東京都樹木」之稱。

如今除了東南亞之外，幾乎不見銀杏的蹤跡。

銀杏林道的總數量為一百四十六顆（雄樹四十四顆，雌樹一百零二顆）。

仔細閱讀，可以發現上面寫的東西蠻有趣的。但文字節奏差，看起來就像是「資訊的排列」，很無聊。

這篇文章該怎麼修改，才能讓人願意繼續看下去？

幫文章加入律動感

首先，為文章加入節奏，讓單調的文字「動起來」。

我在note寫部落格時，都會在手機的滾動頁面加上「標題」或「粗體字」。

這裡跟前面提到的「文章架構」重複，總之重點就在於，文章必須一眼就看到重點，**零點幾秒就讓人覺得「文章好像很好讀」**。

因此，加上吸引人的標題、讓文字平易近人、避免過多的成語、分段、利用粗體字讓文章讀起來有節奏感、加入律動感等等之後，文章變成這樣。

從恐龍時代就有的「銀杏樹」

銀杏是現存最古老的植物之一。

在一億五千萬年前，廣泛分布於巨大恐龍曾存在的時代。銀杏的化石遍布北極、南極、中國和日本等地。

冰河期的到來，使許多地方的銀杏樹都滅絕了。但是在氣候溫暖的中國，銀杏倖存了下來。

日本的銀杏，是從**中國傳過來的樹種**。現在銀杏經廣泛種植為行道樹、防火林、庭園樹木。甚至有「東京都樹木」之稱。但如今除了東南亞之外，幾乎不見銀杏的蹤跡。而銀杏林道的總數量為一百四十六顆（雄樹四十四顆，雌樹一百零二顆）。

如何？這樣修改，大家應該比較願意停下來閱讀。只要稍微**修改標題**、**分段**、**粗體字**，**以淺顯易懂的方式表達**，願意閱讀的人就會增加好幾倍，好處真的多到說不完不是嗎？

把情感帶入資訊裡

「有趣」是什麼意思？

就我個人的定義，「有趣」就是**「引起情緒反應」**。

例如，大笑、哭泣、害怕、鼓起勇氣等等。想寫出有趣的文章，就必須想辦法引起讀者的情緒反應。

銀杏的解說牌看起來像是資訊的排列，但仔細閱讀，可以發現好幾個**「讓人眼睛為之一亮」的點**。只要強化那幾個有趣的點，應該就可以讓文章變有趣。

・銀杏從恐龍時代就存在。
・銀杏是現存最古老的植物。
・冰河期到來後，許多地區的銀杏都滅絕了，但是它們在中國倖存下來。

這幾個地方是能讓人驚嘆的點。因此把文章的架構安排成，能夠清楚表達這些讓人眼睛為之一亮、驚嘆的點，是一大重點。

有趣的文章「共鳴八成，新知兩成」

事實是很殘酷的，「有趣的文章，內容本身就很有趣」。當然，就算內容不有趣，有些人能夠透過文字的呈現方式、用字遣詞、氛圍，讓文章看起來很有趣。但只有一小部分的專家，像是專業作家才有辦法做到那樣。

我們不是專業的書寫者，想寫出別人覺得「有趣」的文章，就必須「以內容決勝負」。所以我才會在第一章強調，「寫之前要先取材」、「沒有料，就沒有辦法握出壽司」。

只不過，想每次都找到能讓人覺得「有趣」的題材，沒那麼容易。那該怎麼辦才好？

其實，讓人覺得「有趣」的文章，總是包含新的資訊。

但不斷出現驚奇點的文章，會讓人感到疲乏。

比方說，像這樣的文章。

> 巴布亞紐幾內亞是君主立憲國家，由位於南太平洋上新幾內亞島的東半部，以及周邊群島所組成。巴布亞紐幾內亞是東南亞國家協會（ASEAN，簡稱東協）的觀察員，但地理位置上屬於大洋洲。其位於澳洲的北邊，索羅門群島的西邊，印尼的東邊，密克羅尼西亞聯邦的南邊。

這篇說明「巴布亞紐幾內亞」的文章，改編自維基百科的內容。對不熟悉地理的人來說，文中充滿著「新資訊」。但這篇文章，卻很難讓人覺得「原來如此，真有趣」，因為文章不斷有專有名詞出現。

若文章修改成這樣呢？

你聽過「巴布亞紐幾內亞」嗎？

你知道它位在哪裡嗎？

從地圖來看，巴布亞紐幾內亞位於澳洲的上方。

三十五歲以上的人，可能會想到漫畫《南國少年奇小邪》。應該很多人對巴布亞紐幾內亞有著「南國，暖陽國度」的印象。

但其實這個國家，在第二次世界大戰之前，原本是名叫「巴布亞」和「紐幾內亞」的兩個地區。二戰期間，日軍和聯合國軍，曾在這塊土地上相互爭奪，多達二十一萬名士兵戰死。二戰結束後，這兩個領土統合為「巴布亞紐幾內亞」。

這篇文章應該比較有趣吧？

這裡我想表達的是，**大家覺得有趣的文章，有八成絕對不是因為文章的新資訊**。

> 你聽過「巴布亞紐幾內亞」嗎？
> 你知道它位在哪裡嗎？
> 從地圖來看，巴布亞紐幾內亞位於澳洲的上方。

> 三十五歲以上的人，可能會想到漫畫《南國少年奇小邪》。應該很多人對巴布亞紐幾內亞有著「南國，暖陽國度」的印象。

這些地方也不是什麼新資訊，老實說一點也不有趣。這個部分如果寫得太長，反而讓人感到冗贅。

但這個部分卻具有填補**「書寫者和讀者之間鴻溝」**的效果。

所以，接在後面的「新發現」，就會格外顯眼，能清楚表達。

・在第二次世界大戰之前，原本是名叫「巴布亞」和「紐幾內亞」的兩個地區。
・二戰期間，日軍和聯合國軍，曾在這塊土地上相互爭奪，多達二十一萬名士兵戰死。

「巴布亞紐幾內亞是在哪啊？」「奇小邪啊，真懷念」，像這樣引發「共鳴」，然後利用**剩下一兩成的篇幅提供新資訊，讓人覺得「這樣啊」、「原來如此」，感到驚奇**。透過這個方法，即便「新見解、事物、資訊」沒那麼多，也能順利寫出「有趣的文章」。

雖然我說「要寫出有趣的文章」，也不必把內容寫成「一〇〇%保證有趣」，而是以「共鳴八成，新知兩成」為目標就夠了。

以「共鳴」作為切入點

「共鳴」是寫作極為重要的要素。

在搞笑界也是一樣，拿「生活中常有的經驗」當作表演段子，大多能逗得大家哈哈大笑。

在任何時代，「生活中常有的經驗」，永遠是大家最愛的梗。人可能是追求「共鳴」的生物。

> 聚餐結束後，跟有點熟又不太熟的人一起回去太痛苦了，所以我就說：「我去一下便利商店再回家。」結果對方竟然說：「喔，那我也一起。」跟了過來，我整個快瘋了。

這是「怕生的人常有的經驗」。

如果「生活中常有的經驗」能引發共鳴，就可以讓讀者覺得「啊，這

個人跟我一樣」，「這個人好厲害，好懂我」，取得對方的信賴。

若你想寫有趣的文章，或許可以平時就累積「生活中常有的經驗」的梗。一旦你覺得「這對話好像常常聽到」、「這種人好像蠻多的」，就趕緊筆記下來。再怎麼雞毛蒜皮的小事也沒關係。

我在編書時，也都會留意這個「共鳴與新知」的比例。而書籍「共鳴與新知」的比例大概是「6：4」或「5：5」。總之，「充滿新知」的書讓人疲憊，「共鳴滿滿」的書容易令人厭倦。所以必須好好安排「共鳴與新知」的比例。

同樣的，我也會特別留意，**在「如讀者所期待」與「超過讀者期待」之間取得平衡**。

大家都會暗自抱有「期待」，「希望堀江貴文這樣講」、「想聽搞笑雙人組東方收音機的中田敦彥這樣說」。讀者希望從堀江貴文口中聽到，「不要接電話」、「開會浪費生命」、「不要綁什麼領帶了」。

順著讀者的意，回應讀者的期待，也能讓文章變得「有趣」。就像是知名時代劇《水戶黃門》在絕佳時機拿出表明身分的印籠，事先讓文章內容符合讀者預期，也是有價值的。

閱讀商管書時，可以常常看到「要主動打招呼」這個要點。大家很久以前就這樣講，很早就制定出相關規範。甚至有些作家會說：「現在這種老掉牙的東西，根本沒人要看吧？」但刻意講出來，可以回應讀者的期待。

如果大家都希望那句話「從那個人口中說出來」，那句話就是好的內容。

商管書有八成左右，都是在講老掉牙的東西，沒有什麼新鮮或新奇的地方。但很多人看了那樣的書會感到安心。

看心靈成長書籍的人，希望別人對自己說「夢想會實現的」。所以閱讀心靈成長類的書籍，他們追求文章內容符合預期。反而全部都是新知的書，很難引起讀者反應。

而「共鳴八成，新知兩成」的法則，似乎也能解釋人的行為。

遇到完全沒有共同點，完全無法引起共鳴的怪人，我們會很害怕不敢靠近。「看起來雖然很有趣，但不會想要跟他做朋友」，大部分的人應該都會這樣想。但如果對方有八成跟自己一樣，兩成左右跟自己不同，那就算看到對方有點奇怪的地方，也會覺得「真有趣」、「想跟這個人交朋友」。

相反的，遇到跟自己一模一樣的人，或許能跟對方成為好朋友，但應該不會覺得對方「很有趣」。

如果文章內容全部都是新知，就會成為「超級奇葩的怪人」，反而不受歡迎。八成內容跟自己講的東西一樣，「我懂我懂」、「打招呼很重要」、「夢想會實現的」，藉此引發共鳴。然後用剩下的兩成，說些新穎的想法像是「人脈根本無用」，讀者便會覺得「這看法真是嶄新」。

文章的內容不必追求「全新」，結論跟別人一模一樣也沒關係。不一樣的故事，就是新內容，「不同人寫的文章」，會帶來不一樣的訊息。

預測讀者會怎麼「吐槽」

有趣的文章、打動人心的文章，都懂得善用「共鳴」的力量。

若讀者能對作者產生共鳴，便能順利進入文章的世界。

比方說，這本書是這樣開頭。

> 寫作，是不是讓你很痛苦？
> 想寫點東西，卻又不知道要寫什麼！
> 就算動筆了，也會寫一寫不知道自己在寫什麼！

這也是利用共鳴的力量。透過這幾句，可以快速地讓讀者產生「就算不擅長寫作，也寫得出東西嗎？」「這傢伙懂我」的心情。

總而言之，試著站在對方的立場思考。完全站在讀者的立場思考很重要。

那些能讓人不厭倦、願意閱讀下去的文章，都有效地運用了「共鳴」的力量。

另一方面，假如概念講解的篇幅比較長的時候……

「夠了，我都知道。快點告訴我怎麼做。」各位可能會這樣想，但請再讓我多做點說明。

或是，說明比較長的時候……

各位一定覺得說明很長吧。但這裡其實非常重要，雖然會有點煩，但請容我再次說明。

像這樣，總是在最佳時間點向讀者喊話：「你一定這樣想吧？但我這麼做的目的是這樣」，**「預測讀者的想法」，盡可能事先預告，能讓讀者安**

心地繼續看下去。

我很怕讀者文章看到一半就不看了，所以總是思考著，「讀者會不會在這裡就看不下去，感到厭倦了？」

像電視節目，要是觀眾快厭倦，就會換話題，出現「沒想到後續竟然發生這種事！」的特效字幕。電視節目的製作團隊，費盡功夫不讓觀眾轉台。一般人當然不需要做到那種程度，但寫作時若能留意這點，文章的魅力一定會大幅躍升。

考量讀者的心情，寫出讓人產生共鳴的文章。針對讀者可能會提出的疑問，先提早預告，或是儘早把可能會讓人疑惑的話收回去。這樣做，一定能寫出讓人願意看到最後的「有趣」文章。

文章有「副歌」嗎？

「副歌」是歌曲最令人印象深刻的部分。

同樣的道理，**有趣的文章、令人印象深刻的文章都有「副歌」**。

「副歌」就是，「我想表達的就是這個！」的訊息，亦即讓人「眼睛為之一亮」的重點。無論是十萬字的書，還是一百四十字的推特，有無「讓人眼睛為之一亮」的重點，是決定文章有趣與否的關鍵。

比如說，像下面這樣的文章。

> 可能因為今天有颱風要來，或是受到低氣壓的影響，身體沉重疲憊，腦袋無法思考，一點也不想工作。我以颱風作為藉口，把該做的事情往後延。看來我這種拖拖拉拉的個性，是治不好了。

這樣的文章可以當作是日記。

但文章裡沒有「副歌」，沒有傳遞出任何「想表達的重點」。

如果去問別人，「這篇文章有什麼地方讓你印象深刻」，大家的回答應該會七零八落，「可能是颱風接近的地方」、「個性拖拖拉拉的地方」。沒有副歌的文章，就像是一直唱著主歌的曲子，給人的印象模糊不清。

創造出「讓人眼睛為之一亮」的重點

這裡把文章修改成這樣看看。

颱風就快來了。低氣壓讓我的身體沉重疲憊，腦袋無法思考。

這種時候，我總是提不起勁，工作一點進展也沒有。

但人這種生物，總是為了活得輕鬆快樂，而不斷地「找理由」。

說不定「不是因為颱風接近，所以提不起勁」，而是「把自己提不起勁的原因，怪罪到颱風身上而已」。

這篇文章的後半段是副歌。

說不定「不是因為颱風接近，所以提不起勁」，而是「把自己
提不起勁的原因，怪罪到颱風身上而已」。

這個地方應該有不少人都「很認同」。
或是這樣修改。

颱風就快來了。低氣壓讓我的身體沉重疲憊，腦袋無法思考。
這種時候，我總是提不起勁，工作一點進展也沒有。
但越是沒有幹勁，越是應該工作。
充滿幹勁時，工作進展順利也很理所當然。如果能養成沒幹勁

也工作的習慣，工作進展的「速度」就會提升。越是沒有幹勁，越是努力工作，是與其他人拉開距離的訣竅。

這篇文章的副歌是從「越是沒有幹勁，越是應該工作」開始。**這一句轉折，帶出後半部教誨的部分**。

「這篇文章想表達什麼？」「哪個點能讓人眼睛為之一亮？」將「副歌」放入文章裡，可以避免文章模糊不清，也會更容易寫出有趣的文章。

「果斷肯定」能為文章增添趣味

寫文章副歌的訣竅就是「果斷肯定」。

人這種生物，總是為了活得輕鬆快樂，而不斷地「找理由」。

Good!

越是沒有幹勁時，越是應該工作。

這裡把話說得「果斷肯定」，就會成為強而有力的「副歌」。要是語氣猶豫不決，文章就會變成下面這樣。

Bad!

人有各種不同的面向，但很多人都會不自覺地追求輕鬆快樂。為追求輕鬆而尋找藉口，或許可以說是人的本性。

Bad!

提不起勁時，工作也會意興闌珊，但那個時候或許可以試著工作看看。

明明講的是同一件事情，卻讓人感到不耐煩。

把話說得「果斷肯定」，可能多少會讓人感到不愉快，或是出現異議。但那時只要補充說明就好，例如「這裡當然無法一概而論」、「或許也有例外」。

咖啡對我來說是不可或缺的存在，可以說是「人生的伴侶」。

↓

咖啡是「人生的伴侶」。

先鼓起勇氣，把話講死，「果斷肯定」一定可以讓文章變得更有趣。

「專有名詞」讓文章的魅力倍增

有些人認為，想讓文章有更多人願意閱讀，就要避開專有名詞。他們可能是認為，用平易近人的詞彙，可以表達得比較清楚。但其實正好相反。放入專有名詞，反而能讓文章的魅力倍增。

我很喜歡林真理子在《週刊文春》上連載的專欄〈深夜跳繩〉。林真理子的專欄中，經常出現許多人物名稱和場所等專有名詞。比如，像這樣的文章。

Good!

我出門去新橋演舞場看喜劇。在中場休息時間吃幕之內便當時，聽到坐在後方的女性聊道：「網路新聞說西城秀樹過世了。」我驚訝到停下了筷子。

出自二〇一九年五月三十一日號

同一件事情，一般人的日記，寫起來應該像這樣。

Bad!

這是我去看某齣劇時發生的事。我在中場休息時間吃便當時，聽到別人在講，西城秀樹過世了。我驚訝到停下了筷子。

像是「新橋演舞場」、「幕之內便當」、「網路新聞」等等，林真理子的專欄出現了這些具體的專有名詞。

就這篇文章欲傳遞的內容來說，「新橋演舞場」這個名詞可能不是那麼重要。因此，大部分的人都會覺得「有些人根本不知道新橋演舞場是什麼，刪掉好了」。但這裡放入具體的專有名詞，反而能讓文章變得充滿魅力。

專有名詞能放就放。「中午去吃了中華料理」，跟「中午，我去辦公室一樓的中華料理連鎖店Bamiyan，吃了拉麵套餐」兩者帶給人的感覺不太一樣，後者應該比較可以引起讀者的情緒反應。

放入「犯人才知道的資訊」

專有名詞是自己才知道的資訊。比方說，寫「中華料理連鎖店Bamiyan」，而不是「中華料理」。寫「不二家的鄉村餅乾」，而不是「零食」。寫得具體清楚，能讓文章變得有趣。寫「日高屋的加大優惠券」，絕對會比寫「折價券」有趣。

盡可能在文章內放入專有名詞，寫出「只有自己才寫得出來的東西」。

我也很容易覺得麻煩，就直接用「各種」或「很多」等等方式來表達。但最好還是盡量放入具體的名字或數字為佳。

Bad!

今天會議超級多，害我加班到很晚。

Good!

今天第一業務部有三個會議，中午和田中課長一對一吃飯，下午和客戶有四場會議。打開試算表，開始彙整銷售資料時，已經是傍晚五點，最後加班到晚上十點。

跟前者相比，後者只有自己才寫得出來。

有個名叫「紳龍研究」的ＤＶＤ。

那片ＤＶＤ收錄了綜藝一哥島田紳助，向年輕藝人傳授「怎樣才有辦法紅」的內容。

島田紳助在那當中，談到了這段內容。

如果像All巨人這種等級的搞笑大師說：「不久前我走在路上時，撿到了錢」，大家都會相信。大部分的人都會認為，巨人大師說的話一定是真的。大家對巨人大師有一定的信任，所以他說出來的話，讓人感覺很真實，馬上就可以進入情境，後面講的東西大家一定會覺得很有趣。

但一點名氣也沒有的年輕藝人上台說，「我前幾天撿到了錢……」大家不會相信，因為感覺不真實。如此一來，大家也不會覺得表演橋段有趣。

內容大概是這樣。

怎麼做才能得到大家的信任？紳助說，方法就是告訴對方「只有自己才知道的事實」，也就是「只有犯人才知道的事實」。

「不久前我走在道頓崛，可能因為下完雨的關係，地上濕濕的。而地上掉著一張一萬日圓的鈔票。就像這樣貼在地上。」

這樣說明，可以讓人的腦中浮現出畫面。默默無名的年輕藝人，也能取得觀眾的信任，幫助觀眾進入情境，大家絕對會覺得有趣。

告訴觀眾只有自己才知道的東西，能帶來真實性，讓人覺得有趣。文章也是同樣的道理。

「地上濕濕的，一萬日圓的鈔票就那樣貼在地上」，這樣的描寫只有自己才寫得出來。不過是「有錢掉在地上」跟「有張鈔票貼在地上」的差別，只要稍微補充點細節，給人的印象就會截然不同。

文章「開頭」就要先發制人

我們剛才談到了要在文章中放入「副歌」，但是在進入副歌前，讀者就中途離開不看的話，一點意義也沒有。

在資訊氾濫的當今，想脫穎而出，最有效的方法就是**「開頭第一行就抓住讀者目光」**。同樣的內容，文章開頭就先抓住讀者的目光，讀者點開閱讀的機率就會上升。

就連一百四十字個字的推文，我也會留意「開頭」。過去瀏覽人數最多的推文，也是歸功於「第一行」就抓住了讀者的目光。

薪水是毒品。

每個月在固定的日子都有錢入帳，能夠帶來難以形容的安心感。戒斷薪水癮頭的過程實在很難熬。我在決定辭職前，也是花了

好長一段時間。
錢很重要，但時間更重要。對我來說，做出「不後悔的選擇」才是最重要的。

這篇文章，以「薪水是毒品」這句聳動的句子作為開頭，抓住讀者的目光。

但如果只有這一句話，可能會引起誤會。或許有人會以為「有公司是用毒品來支付薪水」，所以第二行之後進行詳細的說明。

有些人會仔細說明後，才搬出聳動的句子，但其實順序倒過來的效果更好。先讓人感到驚訝，覺得「這是怎麼一回事」後，再詳細說明就可以了。

當然，也不是用聳動的句子就妥當了，必須小心拿捏分寸。因為像「毒品」、「殺死」、「犯罪」等聳動的字眼，使用不當只會讓人感到不舒服。

聳動的詞彙就像是辣椒，要小心不要加太多。聳動的詞彙，其功能只不過是為了瞬間抓住讀者的注意力，所以要用在對的地方。在那之後，放入正經、比較能讓人接受的東西，能有效地取得平衡。

儘早指出「對讀者的好處」

儘早讓讀者知道「閱讀這篇文章能帶來什麼好處」，也是吸引讀者目光的有效方法。

工作能力好的人，跟有錢人的共同點就是，「討厭就直說」、「想要的東西就正大光明講出來」這兩個能力出眾。一般人容易太過在意別人的想法、揣測他人心意，或感到畏懼而閉口不談。然後在酒席上抱怨，「為什麼事情總是不順遂？」

工作能力好的人，「堅持」與「坦率」之間的平衡感絕佳。在自己擅長的領域展現出異常的「堅持」，在不那麼擅長的領域，則是「坦率」地交給別人、聽取意見。該堅持的地方就堅持，該放手的地方就放手，切換自如。

讀者看了這兩段文字，第一個想到的應該是「後面有寫到提升工作能力的方法嗎？」「文章有談到如何成為有錢人嗎？」人會受到對自己有利的東西吸引，只要提出對讀者的好處，文章受到閱讀的可能性就會提高。

順帶一提，句子排列的順序如果改成這樣：

一般人容易太過在意別人的想法、揣測他人心意，或感到畏懼而閉口不談。然後在酒席上抱怨「為什麼事情總是不順遂？」工作能力好的人，跟有錢人的共同點就是，「討厭就直說」、「想要的東西就正大光明講出來」這兩個能力出眾。

文章這樣寫，給人的印象太薄弱，容易被忽略。**「看到最後你就會知道」的方法，現在已經不管用了。**

如果想在網路上發表文章，就必須想像瀏覽器另一端、手機另一端的人在想什麼，思考怎麼寫才能打動他們的心。

另外，寫較長的文章時，不僅是文章的開頭，要在文章各個地方都放入「副歌」，讓讀者不會中途就感到厭倦。

沒有起伏、無趣的文章，就像是「原味起司披薩」，頂多只有起司和醬料。吃是可以吃，但吃完不會留下任何印象。

如果想讓人留下點印象，就必須在上頭點綴海鮮等等配料和香料，做出整體而言好吃的披薩。

有趣的文章點綴著「副歌」

原味披薩

沒有副歌，
缺乏起伏變化的文章

難以評論。中途就厭倦了。

↓

滿滿配料的披薩

副歌隨處可見，
文章不讓人厭倦

好看！看到最後也不膩。

兩大技巧，讓文章「有滿滿的料」

那麼，要怎麼做，才能寫出有如配料滿滿的披薩、令人久讀不厭的文章？除了在文章裡放入「副歌」之外，這裡介紹幾個能讓文章變得更有趣的方法。

放入描寫身體的感覺

> 反正找到沙丘就好了。男人拿起水壺喝了一口水，然後張嘴吸上一大口風，看似透明的風，在嘴裡沙沙作響。

這是安部公房《沙丘之女》的一小節。

描寫外出採集昆蟲的男子抵達沙丘時的情景，而空氣裡混著沙子令人不舒服的感覺，鮮明且直接地傳遞給了讀者。讀者隨著這個身體感覺的描寫，一起進入詭譎、令人不愉快的沙丘世界。

但描寫身體感覺時，必須稍微留意。

你將鋁箔紙放入嘴中，用後面的牙齒嘎吱嘎吱地咬了咬。

這樣寫是不是真的讓人很不舒服？

看到包含身體感覺的描寫，我們的身體就會直接反應，也會更容易投射感情進去。當你在思考「有沒有其他更好的表達方式」，試著找找看包含身體感覺的描寫。比如類似這樣。

那個金額之高讓我非常驚訝。

←

看到那個金額，我的眼睛都快飛了出去。

翻開書偶然看到的那句話，讓我非常感動。

↓

翻開書，某句話突然抓住了我胸前的領口。

試著放入讀了之後，會讓身體產生反應的描寫，應該可以讓文章變得更有趣。

有效地使用引號

我經常使用引號。

引號的功能大致上分為兩種，一種是用在自言自語和對話，另一種則

是區分和強調。

今天聽到一段話讓我覺得「確實如此！」那段話是在說，人的內心之所以崩潰，並不是因為忙碌或是不安，而是「不知道自己該往哪個方向走時」，內心會變得脆弱。

如果知道目標在哪，並確實往前邁進，就算稍微忙碌，心裡也能保持健康平衡的狀態。

第一個引號「確實如此！」是自言自語。像這樣使用引號，在文章裡放入內心話或對話，比較容易引發讀者的共鳴。

後者「不知道自己該往哪個方向走時」的引號，則是為了與其他內容做區分，指出「這個就是重點！」做強調之用。使用引號，能讓讀者的視線短暫停駐。

如果文章沒有引號，就會給人平板乏味的感覺，不曉得重點在哪。

Bad!

今天聽到一段話讓我覺得確實如此。那段話是在說，人的內心之所以崩潰，並不是因為忙碌或是不安，而是不知道自己該往哪個方向走時，內心會變得脆弱。

順帶一提，**雖然用引號的效果佳，但要小心不要使用過量**。用太多引號，會使文章的內容變得薄弱，顯得凌亂。

成為「比喻」高手

「比喻」也是提升文章魅力的方法之一。

比喻不僅能提供抽象的概念，也可以讓讀者腦中浮現出畫面，帶來真實感，幫助讀者理解。比方說像這樣的文章。

雖然想跟強者一起工作，但就算接近強者也沒有什麼意義。即使你在演講或公開演說前，向他們寒暄問候，也不可能因此得到工作機會。

厲害的強者，換句話說也就是「位於雲朵之上，山頂般的存在」。就算我們跑向山腳，恐怕連個影子也看不到。

我們應該要做的是「登自己的山」，磨練自我。

努力地往山上爬，越過雲霧之後，強者應該就會主動前來。所以要先爬自己的那座山。

這段話講的也就是「不要想著如何接近強者，要先好好磨練自己」，利用山來比喻，可以讓讀者更有畫面。

如果只停留在抽象的描述，很難引人入勝。相反的，使用「山」、「雲朵」、「山腳」等等能夠浮現具體意象的詞彙，可以讓讀者覺得「喔，原來如此」，一看就懂。

絕佳的「比喻」具原創性。

在這麼長遠的歷史當中，各種想得到的思想、概念、點子、理論早就被人提光光了。剛才提到的「不要想著如何接近強者，要先好好磨練自己」，這個概念應該早有其他人提過了。

只不過，如果能從中找到自己獨創的「比喻」，那就會是新的點子，成為獨創的內容。那是你文章的特性。

尋找屬性相似的東西

怎麼做才能成為「比喻」高手？

首先，要養成隨時思考「這個像什麼？」「這可以用什麼東西來比喻？」的習慣。我自己也是從每天發推文的過程中，培養出思考「這能不能講得更貼切」的習慣。

我最近深刻體會到，「馬上動手做」真的非常有價值。
時間花得越多，事情拖得越晚，就必須付出時間「利息」。明明只要還一百，卻必須加上利息，還上一百二、一百三。
不馬上動手做的人，會因為必須付出時間利息，欠下一屁股的時間債。

這篇文章是誕生自「金錢和時間的屬性相似」的發現。
收到電郵，如果馬上回覆，只要回個「了解」就可以了。但若拖上兩三天，回覆郵件時就必須「不好意思回覆晚了。這幾天太忙碌……」另外補充點說明才行。我覺得這跟還款延遲，必須付利息是一樣的意思。

「希望十年後這裡變成森林」，現在就必須種下樹苗。
然而，卻因為沒有信心、感到不安，一直想著「如果有天這裡變成森林該有多好」，遲遲沒有行動，甚至還說「等樹長出來再說好了」。

為了達成十年後的目標，現在就必須動手做。因為森林是無法一蹴而成的。

我會寫這則推文，是因為我覺得成就一件大事，跟森林經過漫長歲月才有辦法長成很像。只要「描寫的對象」跟「用來做比喻的事物」相似的地方越多，寫出來的東西越可以為讀者所接受。

拿半徑三公尺以內的東西比喻看看

盡可能用大家都熟悉的東西來做比喻。**用三公尺以內、身邊的東西來做比喻，可以讓更多人對文章投射情感。**

沒有規範的組織，乍看自由，其實充滿壓力，就像是沒有號誌

的十字路口。因為大家必須顧慮東顧慮西，要前進也不是，停下來也不是。

在這樣的組織，「視情況而定」這句話總是掛在嘴上，所以一點也沒辦法放心。

這篇文章也是以貼近生活的東西，例如：「號誌」、「十字路口」，作為比喻的例子。想做說明時，可以試著思考看看「這東西跟什麼相似」。

順帶一提，我敢打賭，最常拿來做比喻的東西，應該就是瓶裝水，因為會議室的座位上大多可以看到它們的蹤跡。

「比方說，如果遮住這瓶水的標籤，應該看不出來是哪裡來的東西。」「雖然這只是瓶水，但過去應該想不到，這種東西竟然會成為商品。」廣告創意界恐怕已經提出了，超過五萬個跟瓶裝水相關的比喻。

當我在看電視和電影，發現「這跟某某東西很像」，就會馬上筆記下來。

以前我看過一部探訪未開化部落的紀錄片，內容大意是，用部落的語言「你好」打招呼很重要。要是不那樣做，就會被視為敵人遭受攻擊。

那時我想到，「這就跟在公司，對不跟自己打招呼的人抱有敵意很像」，然後寫下筆記「不打招呼就會被視為敵人」。

像那樣做筆記，之後要寫跟打招呼有關的東西時，就可以拿出來用。

一句「我認為打招呼很重要」，只會讓人覺得「笨蛋，我當然知道啊」。

但如果是寫「據說在未開化的部落，不打招呼就會被視為敵人。問候應該是世界共通的語言，能拉近彼此距離」。如此一來，不但能增加說服力，還具有獨創性。

「換個順序」，印象大不同

我在前面提到「從結論開始寫起」、「文章開頭就要先發制人」，因為近來資訊氾濫，不趕快把想表達的東西說出來，便很難傳達清楚。

另一方面，若能事先吸引到讀者的注意，把結論放最後，反而能加深印象。

也就是說，寫作真正重要的地方，不在於「先說結論」這種表面功夫，而是不斷地去思考，如何掌握讀者的心理，以安排文章的結構順序。

「換個順序」，文章的魅力就會截然不同。用以下的文章為例。

婚禮當天早上，我的父親對我說「太好了」。
父親個性沉默寡言，而且頑固。
我到東京快十年了，幾乎沒跟父親講過什麼話。

這篇文章最想表達的，應該是婚禮當天早上的事情，所以才會這樣安排句子的順序。

但婚禮當天早上的場景，已經先出現在文章的開頭，沒給人留下什麼印象。讀者看完文章後，頂多覺得「原來這位父親是個沉默寡言的人啊，這樣喔……」

如果這裡我們改變一下句子的順序，會變成怎樣？

我到東京快十年了，幾乎沒跟父親講過什麼話。
父親個性沉默寡言，而且頑固。
那樣的父親，在婚禮當天早上對我說「太好了」。

沉默寡言、快十年沒有對話過的父親，竟然在婚禮當天早上開口說話了。想想還真是個溫馨的故事。

兩篇文章的內容一模一樣，但後者那句「太好了」特別有分量。**把想說的事情或結論，刻意放到後面，能夠為文章埋下伏筆，帶來感動。**

透過「共鳴、發現、感動」，促使讀者分享文章

有個公式可以吸引更多人閱讀文章，那就是**「共鳴↓發現↓感動」**。

我在一間名叫「識學」的顧問公司，負責協助傳遞公共訊息。作為工作的一環，我製作過一份文宣，並在《日本經濟新聞》刊登了全版廣告。

這份文宣非常適合用來說明「（結論↓）共鳴↓發現↓感動」的公式，介紹如下。

愛護員工

世上想必沒有「不願意愛護員工」的經營者。

但是，如今危機當前，希望大家再次思考「愛護員工」這件事。

「愛護員工」指的是，讓員工開心工作嗎？還是讓員工充滿幹勁、給予員工夢想？

我認為並非如此。愛護員工，就是讓員工成長，讓員工培養出「生存能力」，就只是那樣而已。

父母在教養時，正因為愛護孩子，所以才不會溺愛。我認為，經營企業也是同樣的道理。為了在艱困的時代，也能堅強地活下去，人和組織必須經過培育。

領導者的工作，不在於提高「員工的滿意度」，而是必須對「員工的成長」負責。

持續作為真正「愛護員工」的經營者的夥伴，是我們「識學」的心願。

文章開頭的「愛護員工」是結論，是最想表達的事情。

接著便進入**「共鳴」**的部分，抓住讀者的心。

> 世上想必沒有「不願意愛護員工」的經營者。
> 但是，如今危機當前，希望大家再次思考「愛護員工」這件事。

看到「愛護員工」的標題，大部分的經營者應該會覺得，「這不是理所當然嗎？」「這老調重彈吧？」有些人甚至可能會感到憤慨，「在這種艱辛的時刻，怎麼還有辦法說這種漂亮話。」文章接著用「世上想必沒有『不願意愛護員工』的經營者」，來喚起讀者的共鳴，然後呼籲大家「再次思考『愛護員工』這件事」。

接著是**「發現」**。光是引發共鳴的訊息，無法給人留下深刻的印象。必須要有打動人心的「發現」。所以文章接著這樣寫。

「愛護員工」指的是，讓員工開心工作嗎？還是讓員工充滿幹勁、給予員工夢想？

我認為並非如此。愛護員工，就是讓員工成長，讓員工培養出「生存能力」，就只是那樣而已。

「愛護員工」並不是「溺愛」，而是「讓員工培養出生存能力」。某些經營者應該會對「愛護員工」的定義有所「發現」。

最後是**「感動」**。在「發現」的地方就結束，也是一則優秀的好文，但達不到「想跟別人分享」、「想分享出去」、「想再看一次」的地步。這時必須自然不刻意地感動讀者。

父母在教養時，正因為愛護孩子，所以才不會溺愛。我認為，經營企業也是同樣的道理。為了在艱困的時代，也能堅強地活下去，人和組織必須經過培育。

領導者的工作，不在於提高「員工的滿意度」，而是必須對「員工的成長」負責。

持續作為真正「愛護員工」的經營者的夥伴，是我們「識學」的心願。

這樣表達，應該可以打動讀者，讓人留下深刻的印象。

餐廳或整骨院也是，只要能「感動人心」，就可以做出口碑。不能只是讓人驚豔或有新發現，還要讓人走出店面後，不禁脫口而出「那間店真不錯」，留下良好的印象。如果隔天起床身體神清氣爽，就會讓人覺得「那間整骨，太厲害了」。有感動，自然就想分享出去。

向迪士尼學長文寫作技巧

很多人都覺得，「自己不擅長寫長文」、「沒有讀者願意看長文」。

確實，要讓讀者把長篇文章看到最後，是個艱鉅的任務。但只要在編寫長文時，思考「讀者現在有什麼樣的想法」、「看完文章後會產生什麼樣的情感」，文章再長讀者也願意看。

寫書時，我都會思考**「希望讀者讀完後，產生什麼樣的情感」**。也就是從讀後感逆推，去構思文章。

比方說，迪士尼有許多遊樂設施和表演秀。若半途累了，可以到餐廳休息；還有遊行可以看；差不多要離開時，煙火在天空綻放；回去前買了精美的紀念品，沉浸在快樂時光當中。所以在迪士尼待一整天也不厭煩，回去還想跟朋友說「迪士尼真好玩」。

有趣的書，就像迪士尼。

文章再長也不膩。每個章節都有好玩的「設施和表演」。文中設有讓人驚奇的機關，在讀者「有點膩」、「有點累」的時候，就會出現。然後在最後一章或後記，打動讀者的心。所以讀者才會跟其他人推薦「這本書很棒」，口碑越傳越廣。

「標題」〇・二秒定勝負

本章的最後，要談的是「標題」。

書籍有標題，而商管書的銷售量，更容易受到標題的影響。無論是部落格、企劃書，或是電子郵件，文章的「標題」都極為重要。

「標題」是吸引讀者最重要的功臣。

人在瀏覽推特時，大概〇・二秒左右，就會無意識地判斷「是否要點開文章閱讀」。也就是說，我們必須在〇・二秒以內，引起讀者的興趣，讓他點開文章。

那文章應該下什麼樣的標題才好？

標題必須讓「不知道內容為何的人」也能秒懂

《日文版哈芬頓郵報》（*HuffPost*）的前總編輯竹下隆一郎，曾找我商量新書的標題。他說「我在寫一本書，想把書名定為《☆星型人脈術》，你覺得怎麼樣？」

那個書名讓我有點一頭霧水，我就問竹下先生「星型是什麼意思？」

他這樣回答：「今後的人脈術，不需要到處跟各種人打好關係。不用勉強自己跟不合的人來往，只要跟志同道合的人培養感情就好。與人的距離，不是跟各點等距的圓形，而是跟每個人距離都不同的星型。」

聽了他詳細的說明後，我心想「原來如此！確實是這樣！」但不知道內容在講什麼的人，看到那個標題，恐怕只會覺得「什麼意思？」充滿問號。而且不把它當一回事、直接忽略的可能性非常高。

《☆星型人脈術》這個書名，可以吸引到知道內容在講什麼的人。**但書名真正想吸引的，是「完全不知道文章在講什麼的人」**。所以必須訂定出讓不知道內容的人，也能產生興趣的標題。

這個道理看似簡單，但編輯和作者很容易因為討論得太熱烈，而沖昏了頭，一不小心就落入陷阱裡。

如果是由我來決定，我應該會把書名訂為《怕生也能拓展人脈的方法》、《專為內向者設計的超強溝通術》。這樣的書名，可以吸引到完全不知道內容在講什麼的人。

「我這個人很怕生，卻從事業務的工作，不得不拓展人脈」，這樣的人應該很多。那樣的書名會讓人覺得「我想買這本書」（這本書的書名，最後是訂為《不善社交的內向人，怎麼打造好人脈？》）。

雖然這裡是以書名為例，但網路文章標題的訂定，也是同樣的道理。網路上的競爭反而更激烈。書還可以藉由設計或書腰的文案來補足，但網路上只能以標題來決勝負。那個時候，讓人「摸不著頭緒」的標題，會讓辛苦寫出來的文章遭到忽略，最後無疾而終。

入口的標題，出口的標題

上述的說明，可以說是在**「決定入口標題」**。無論是書的企劃，還是網路文章的企劃，都有入口和出口。

發起企劃，「好，就從這裡開始」的階段是「入口」，在那之後進行調查、取材、寫稿，最後提出成果的階段為「出口」。

大部分的人都喜歡在「出口」決定標題。也就是，把在取材和寫稿的過程中，得到的知識和想法，反映在標題上。但是入口根本不見讀者的人影，讀者聽了出口的標題，也只是一頭霧水而已。

在訂定標題時，必須構思出，即便完全不知道那個企劃為何、沒興趣的人，也能覺得「那是什麼」、「好想知道」，令人感到好奇的標題。

出口的標題吸引不了人

企劃的入口

「怕生的人也想拓展人脈，該怎麼做才好？」 → 《怕生也能拓展人脈的方法》

過去的人脈術，必須到處跟各種人打好關係。

但今後，內向者不用勉強自己跟不合的人來往，只要跟志同道合的人培養感情就好。

入口的標題

企劃的出口

出口的標題

人脈的建立，不必是與人的距離等距的「圓形」，可以是跟每個人距離都不同的「星型」。 → 《☆星型人脈術》

不要下總論般的標題

有些人會把標題，訂得像總論一樣。

「這篇文章，用一句話來說是在講什麼？」以此為基礎訂出來的標題，很容易模糊不清，一點也不突出。不容易吸引到讀者，所以文章沒什麼人要看。

以《叫賣竹竿的小販為什麼不會倒？》為例，這本書是在出版史上留名的暢銷作。

這本書的書名，如果以「總論」方式來表現，應該會叫做

「最好懂的會計入門書」。這樣的標題其實沒什麼不好，書名可以吸引到想輕鬆了解會計的人，或許能賣出幾萬本，但恐怕賣不出百萬本。

其實「叫賣竹竿的小販」的故事，不過是這本書的其中一個主題。但**刻意把「最精彩的部分」、「有機會引起更多人興趣的地方」拿去做標題，使市場擴大了十倍以上**。以「叫賣竹竿的小販」作為入口，引發更多讀者的興趣，最後讓超過百萬人拿起這本書學習會計。

> 最好懂的會計入門書（總論）
> ←
> **叫賣竹竿的小販為什麼不會倒？（最精彩的部分）**

有些可能會覺得「什麼嘛，不就是釣魚標題嗎？」

如果標題未反映書籍整體的內容，某種程度上的確是「釣魚」沒錯。

但「釣魚」是在批評，文章跟標題完全不符，或是讀了讓人失望的文章。

那樣的「釣魚」，會失去讀者的信任。但如果文章內容佳，最後還能學到會計知識，能為讀者帶來好處，就是好的「釣魚標題」。

訂定一個能引起讀者興趣、抓住讀者的心的標題，讓原本難以引人注意的訊息，也能傳遞出去。就像是把士兵藏在木馬裡，送進城裡一樣，刻意隱藏目的，用能夠抓住人心的標題攻下城來。

這裡我想補充一下，第四章所談的東西，是如何讓文章變得更吸引人。但最重要的是，**釐清「想表達的東西是什麼」，然後傳達清楚**。要是文章沒有核心概念，運用再多技巧做表面功夫，也沒有意義。

CHAPTER 4 重點整理

這樣做，文章更有趣

01

有意識地把「副歌（重點）」、「共鳴點」放進文章裡。

02

用「比喻」引人入勝，使用引號和粗體字製造效果。

03

讓文章符合「共鳴→發現→感動」的結構。目標是打造出迪士尼樂園般的文章。

04

下標題時，要讓不了解內容的人，也能產生興趣。

專欄

嚴禁惡用！打造洗腦文的方法

我編過非常多的商管書和實用書。

有別於小說和散文，這些書的目的是，激發讀者實際採取行動。

講「洗腦」可能不太好聽，但是在編輯這些書的過程中，我發現一些寫作技巧能夠打動人心。

這裡我想跟大家介紹，能夠打動人心的寫作技巧。不用說，當然是嚴禁惡用。

想寫出打動人心的文章，**要巧妙地把「共鳴」和「夢想」編織進去**。

首先，在打動人心前，準備階段是「引發共鳴」。

就像是占卜師一樣，「你是不是不擅長說話？」「你現在是不是過得不好？」一用聊天的方式引發讀者的「共鳴」。

引發共鳴之後，對方就會開始覺得「啊，這個人懂我！」「這個人講的東西應該可以聽聽看。」

接著在這個時間點，談「夢想」。什麼是談「夢想」？比如說，「如果變成這樣很棒對不對？」「你不想變成那樣嗎？」

舉例來說，如果是減肥書，這樣寫能吸引讀者。

> 我每天都從床上跳起來，因為起床是件非常快樂的事。身體就像小時候一樣輕盈，恨不得趕快跟人見面。飯吃起來特別好吃，運動讓人神清氣爽。打扮的樂趣，比肥胖時好玩十倍。

夢想，讓人既羨慕又忌妒，讓人覺得「啊啊，真希望變成那樣！」因為文章不斷告訴讀者「變成那樣很好！」

然而，讀者感到羨慕後，又會開始想，「等等，我做不到，我一定做不到。我沒辦法變成那樣，一定是因為那個人比較特別。」

那個時候，必須馬上再次引起讀者的「共鳴」。

你現在可能在想「我做不到」。

但請放心，因為五年前的我，就跟你一樣。我跟你一樣，懷疑自我，覺得自己「絕對沒辦法變成那樣」。

這樣寫，可以讓讀者覺得「咦，這個人跟我一樣」。

透過「共鳴」，站在跟讀者相同的立場。接著談論「夢想」，等到對方起疑，就再次放入引起「共鳴」的內容。像這樣抓住人心，文章便能夠打動人心。

這裡舉個例子來說明。

假設你是某個「怪奇講座」的主辦人，希望大家來參加講座。這個時候，宣傳文章這樣寫，應該可以吸引到人來參加。

共鳴　　夢想　　共鳴

你有沒有想過「要改變人生」？

人生僅只一次。每天都在同一張桌子上，做著同樣的工作。「五年後、十年後，我還得繼續過這樣的日子嗎？」你是不是覺得很煩、受夠了？

您好，我是怪奇講座的主辦人〇〇〇。

我每天都開心得不得了。

我完全不為錢煩惱，想出國玩就出國玩，今年已經去夏威夷玩了兩次。如果聽起來像在炫耀，我很抱歉，但這沒什麼特別的。

我一直到三年前，也都跟讀著這篇文章的你一樣。

搭著擠滿人的電車上班，被上司罵，跟客戶賠罪……這種日子我受夠了！

就在我那麼想的時候，我和這個怪奇講座相遇了。

共鳴　　夢想

當時去聽講座時，我也是半信半疑的，「這講座感覺好可疑，是不是最近很流行的那個心靈成長講座啊？」但我真心認為，好在那個時候決定去參加。因為我只花了三年，就得到了真正幸福且自由的人生。

如果你願意相信這篇文章，我向你保證，你的人生一定會有所改變。明明人生只有一次，難道你打算繼續抱著不滿，活得不快樂嗎？還是透過這個機會，開拓出美好人生？決定權在你的手上。

歡迎先來聊一聊，期待你的聯絡。

你覺得如何？

引起別人的共鳴時，用「你」而不是「大家」，營造出我現在是在跟「眼前的『你』說話喔！」的氛圍，這個小地方也很重要。

引發共鳴，讓人產生渴望，再透過共鳴，將話題引導到期望的方向。

即便講的東西一樣，只要掌握到這些小技巧，你的表達方式應該會有所改變。

最後提醒大家，真的有壞人會利用這種手法，邀請人去參加「怪奇講座」，請多加小心。

第 5 章

持續不下去，好痛苦

養成「寫作習慣」的方法

只讀滑雪指南，也不會成為滑雪高手！重點是……

前面我們談了如何寫出「受歡迎的文章」和「有趣的文章」。

只不過，技巧和知識學得再多，還是得**「實際動手寫，拿給大家看」**，才有辦法提升寫作能力。就算曾寫出一篇好文章，如果沒有持續寫作，寫作能力是不會進步的。

就跟滑雪指南讀得再多，雪也沒辦法滑得好，是同樣的道理。沒有實際去滑過、跌倒過，滑雪技巧沒辦法提升。

「是這樣沒錯，但很難持續寫作習慣……」

「怎麼做才有辦法養成寫作習慣？」

有那樣煩惱的人，我推薦使用**「推特」**。

大家可能會覺得「用推特，哪有什麼？」但只在推特上看別人的推文是不行的，而只在推特上寫「肚子餓了」、「部長好煩」當然也不行。

在推特上發像樣的文章，並運用PDCA來改善。只要用對方法，沒有什麼工具，比推特更適合用來精進寫作技巧。

假如寫長文是「跑全馬」，就從發推文開始「散步」

假如寫書這種長篇幅的寫作是「跑全馬」，寫部落格這種稍長的文章就是「慢跑」，而推特這類短文則是「散步」。

想跑完全馬的人，平常就要慢跑或散步。連每天散步都做不到的人，突然去挑戰馬拉松，阿基里斯腱可能會斷掉。

文章也是一樣，寫不出短文的人，突然要寫長文是件危險的事。然而，文章再怎麼長，其實也都是短文的集合。「我不想寫推特那種東西，我想寫篇像樣的文章」，有這種想法的人，也請先從推特開始，每天「散步」吧。

推特寫了寫之後，一旦你發現「原來大家想看這種東西」、「這樣的主題我應該可以寫得很開心」，就可以在部落格上寫寫看你有興趣的主題。

等到你的部落格越來越受歡迎，搞不好會有網路媒體或出版社找上門，有機會寫篇幅更長的文章。

不要初次就想挑戰長文，最好要像「短文↓稍長文章↓長文」這樣，一點一點提升難度，磨練寫作技巧。

筆記起來！刻意累積寫作題材

我只要一想到什麼，就會記在手機上。

> 反正五十億年後，地球會被太陽吞噬掉，大家就好好相處吧。

這是我前幾天的筆記。

這筆記是我閱讀跟地球歷史相關的書時，看到「五十億年後，地球會被太陽吞噬掉」這段，所筆記起來的內容。

我認為「無論是美中恩怨，還是伊朗、北韓、左派右派……世界有再多紛爭，最後都會被太陽給吞噬而消失，大家好好相處不是很好嗎？」

想到什麼時，就像這樣筆記起來，「哪天應該可以拿去做文章的素材」。雖然有很多點子因為沒有筆記起來而忘掉，但**有筆記起來的部分，有時可以做更進一步的思考，和別的題材結合，彙整成完整的內容**。等到題材累積到「應該可以得到迴響」的程度，就把題材彙整成一百四十字的推文發出去。如果推文得到許多「讚」，之後就擴充內容，寫成部落格文章。

就像從小魚養到大魚一樣，我運用「筆記→推特推文→部落格文章」的方式，讓小小的點子，慢慢培養成大大的創意。

想一開始就寫出三千字像部落格的文章，很困難。而且更麻煩的是，如果沒有人看，內心還會遭受沉重的打擊。因此，先在推特上做「市場調查」，發現「這個主題應該可行」時，再試著挑戰寫成長文看看。

培養創意，就像從小魚養到大魚

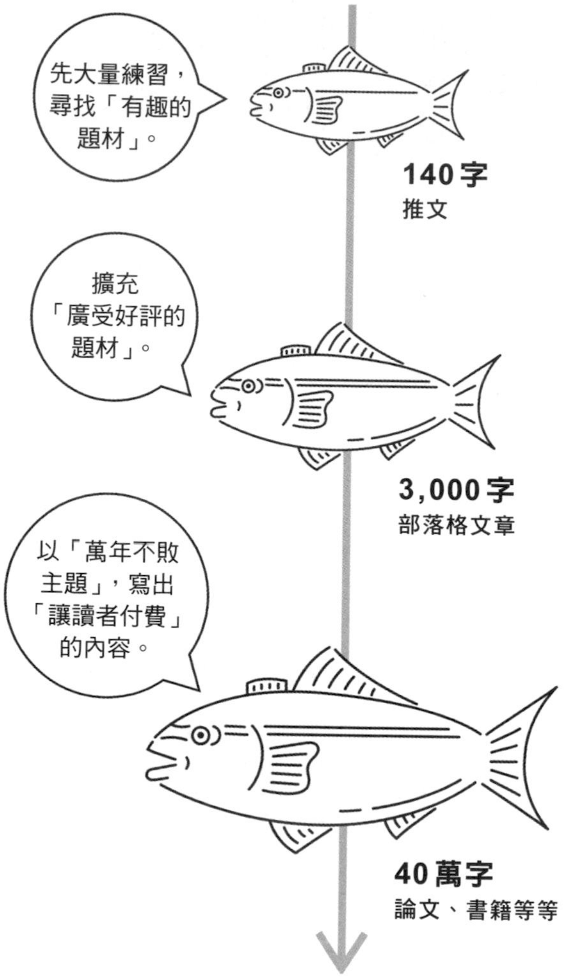
先大量練習，尋找「有趣的題材」。
140字
推文
擴充「廣受好評的題材」。
3,000字
部落格文章
以「萬年不敗主題」，寫出「讓讀者付費」的內容。
40萬字
論文、書籍等等

推特是「百貨公司賣場的試吃攤」

推特以時間順序為主的推文模式，跟「百貨公司賣場的試吃攤」很像。

而平台上展示的文章內容片段，就像是試吃攤一字排開，客人邊看邊試吃，評道「這個好吃」、「這個很普通」。

因此，**想好文章的內容後，就先試著把內容片段排成「試吃攤」，客人自然會上門來判斷東西好不好吃。**

資訊量的日益增加，的確讓競爭變得更加激烈。但沒買樂透，根本不用去談中獎。不先嘗試看看，永遠做不到精準表達。不要一開始就放棄，認為「反正我根本不會在網路發什麼文」。相反的，反覆地嘗試，說不定能得到意想不到的迴響。

對自己而言極為普通的事，說不定大家反而覺得「很有趣」。把想法化為文字，或許能帶來新發現。從一則推文開啟對話，也許可以孕育出有趣的企劃。

文章寫好後，先請不同的人「試吃」看看吧。

「追蹤者」是最強的「編輯」

跟作家不同，一般人沒有編輯在身旁幫忙，沒有人會跟你說「這個很有趣」、「這裡寫得不太好」，無法提供建議。

但**使用推特，追蹤者可以發揮「編輯」的功能**。如果沒有人回應推文，就表示那則推文「不那麼有趣」。如果有人轉推了推文，就表示那則推文「很棒，想讓更多人看到」。回應只有「讚」的話，就是「勉強還可以」、「已閱」的意思。

雖然推特上追蹤者的回饋，不如編輯那樣周到，但至少可以知道內容有不有趣。

在螢幕另一端的追蹤者，既是「讀者」也是「編輯」。

螢幕另一端的人在想什麼？

傳遞訊息時，要記得坐在螢幕另一頭的，是活生生的人。

因此，寫作時，若能思考「他們都在想什麼」、「對什麼東西有興趣」，可以帶來更大的效果。

> 辭掉工作後，人生很容易就跟工作畫上等號。離職確實能得到自由，但回過神來，常常發現自己滿腦筋都在想工作的事。
>
> 想成為自由工作者、想獨立創業的人，如果沒那麼熱愛工作的話，可能會很痛苦。覺得「工作馬馬虎虎過得去就好，想要有自己的時間」的人，可能比較適合到公司上班。

比方說，我推測很多人應該會對「辭掉工作」這幾個字有反應，所以發了這則推文。

推文發布時，剛好是盂蘭盆節長假期間。因為我預測，那時會有很多人思考「怎麼辦？我要辭掉工作嗎？」大家回老家探親，在家裡漫無目的地滑著手機，看到「辭掉工作」這幾個字，應該會想點開來看。確實，那則推文引起了許多讀者的回應。

發文時，必須思考「現在大部分的人都在想什麼」。就像實際跟人說話一樣，要思考螢幕另一頭的人在想什麼。

我在寫推特以外的文章時，也總是思考著「這個內容放到推特上，能引起迴響嗎？」這樣思考，自然就能寫出「符合市場需求」的文章。

其他人的推文爆紅時，思考一下「為什麼這個推文會爆紅？」應該能有所幫助，「是因為文章很有趣？」「還是因為文章很實用？」試著用自己的方式分析看看。這樣做，應該可以發現適合自己寫的題材。

寫作只能孤軍奮戰？才怪！

「寫作是一場面對自我的孤獨戰鬥」，這是一種看法。面對稿紙或電腦，一個人一字一句地縫綴編排。孤獨奮戰孕育出來的文章，格外有分量。

另一方面，在社群網路時代，則可以好好利用新的「寫作」方式。

在推特上發推文是寫作，轉推別人的推文、寫生日祝福，也都是寫作。我認為，可以把寫作看成是更自由、輕鬆的事情。

社群網路誕生之後，團隊合作、共同協作的寫作方式變可能了。想在舉目無人的地方，獨自一人寫出好文章、有趣的文章、好懂的文章，實在是太難了。既然有社群網路這麼好用的工具，就借用大家的力量寫出好文章。

現在正是時候，改變覺得寫作「有點麻煩」的看法。

不需要寫長文，不必寫出優質完美的文章，不用自己一個人寫文章。

接著，讓我們改變過去對寫作「完美主義」的印象。

過去的寫作是「在全部完成之前，文章要留在寫作者的大腦裡」。但今後，在「草稿」階段就可以跟大家分享沒關係。**在「測試版」階段，讓更多的人閱讀文章，然後繼續修改，讓文章逐漸接近完成品。**

寫作時，要秉持「改良主義」，而非「完美主義」。

好處說不完！寫作的人，都應該去申請推特帳號

推特只是普通的工具。根據不同的用法，推特可以是「武器」，也可以是「工具」。就跟刀子一樣，刀子會傷人，也可以削蘋果的皮。

希望聰明的你，讓推特這個工具發揮百分之兩百的功效，提升自我，並讓世界變得更美好。

我不是推特派來的推銷員，但養成寫推文的習慣，可以得到很多好

處。這裡跟各位介紹一下我想到的好處。

①獲得表達自我的勇氣

使用推特，能獲得「表達自我的勇氣」。

在網路上發文，可能會失敗，也可能會遭到忽視。而且，說不定會被公司同事說閒話，或是在聚餐上成為大家的笑話。

但利用推特的好處，遠遠大於這些壞處。畢竟，在意別人的眼光，什麼事都做不了。所以，持續在推特上發文，獲得「表達自我的勇氣」吧。

②學會控制自我意識

發文總是伴隨著「自我意識」的問題。

要是自我意識太強烈，難以清楚表達自我。或是覺得自己的文章太丟臉，很想刪掉。

但若不克服這個問題，便無法提升寫作能力。而習慣在推特上發布文章後，應該能夠靈活地控制自我意識。

③培養行銷能力

什麼東西有趣，什麼東西不有趣。怎麼表達、用什麼詞彙可以戳到大家的笑點。像這樣，每天發文可以培養「行銷能力」。

有時使出渾身解數的推文，按讚數只有兩個，但隨便寫寫的推文竟然爆紅。因此，透過不斷累積經驗，可以逐漸培養出行銷能力。

④培養同理心

類似③的培養行銷能力，想寫出受歡迎的文章，必須要有同理心。

能讓人覺得「對對對！」「我懂我懂！」的內容，就是有趣的文章。

當你發現一個「大家都有類似經驗」的題材，就發到推特上看看大家的反應。

⑤培養組織能力

即便內容相同，也可能因為結構不同，而有不同的命運。

思考文章的結構時，推特也很有幫助。**「句子最好要簡短有力」、「文章的第一句話要抓住讀者的注意力」**等等，前面跟各位說明的寫作要點，歡迎大家在推特上試試看。

⑥培養文案力

推特也是培養寫出吸引人的文句，也就是所謂「吸睛文案」的好工具。這裡並不是說，用聳動的文字就可以了。而是思考「怎麼寫，才能讓文章有更多人看」，學會用字遣詞。

⑦鍛鍊文章的節奏感

這點大家應該都知道，使用同樣的詞彙，會讓文章顯得單調乏味。這個時候，**用不同的詞彙做替換，可以讓文章的節奏變得輕快**。在推特上可以做這樣的練習。而練習寫推特這類短文，原則上也會對寫長文有所幫助。

⑧ 培養思考力、探究力

就像我重複提到的，「文章有趣，內容也很有趣」。內容一點也不有趣的推文，是傳播不出去的。所以，經常思考「要在推特上寫什麼好？」能夠培養出觀察並察覺日常事物的習慣，從而提升思考力、探究力。

⑨ 培養調查能力

就算只是一小則的推文，也不會改變「公開發文」這個事實。發文某種程度上伴隨著責任，所以寫作時，自然而然就會做調查、學習新知。

如果沒有做好查證，不小心發出跟事實不符的推文，就會成為謠言或假訊息的推手。但訓練自己在網路上發文，就勢必要學習，於是資訊素養也會跟著提高。

⑩ 培養行動力

想在推特上得到更多的讚，光只是泡在推特上是不夠的。因為想要輸出，就必須要有輸入。

如此一來，就得到平常不會去的餐廳吃午餐、看電影、看書。總而言之，必須多方嘗試，尋找有趣的題材。所以，將推特運用到極致時，反而能提升行動力。

真正的「推特廢人（瘋狂使用推特的廢人）」，是無法增加追蹤者人數的。正因為想增加追蹤者人數，才能讓人採取行動。

描繪「願景」，發文吧！

接下來要談的東西有點接近「社群網路理論」，但內容對寫作能力有關，因此請讓我再著墨一些。

雖然我說「請大家使用推特」，但並不是要每個人都以成為網紅為目標。

硬是讓自己爆紅，落入追求追蹤者成長的競爭後，總有一天發文會變成痛苦的事。追蹤者達到一萬人後，就希望人數成長到三萬人；追蹤者達到三萬人後，就希望人數成長到五萬人。不斷跟他人比較，會讓自己一直處於焦慮不安的狀態。

重點在於，找到屬於自己的「目的」，描繪「願景」，然後用推特發文。舉例來說，我的夢想是「開出版社」。我希望，我的推特帳號，能吸引撰稿人和編輯來看。所以在發文時，我總是思考著，怎麼做才能讓撰稿人和編輯聚集到我身旁。

首先是描繪理想，思考「自己想成為怎麼樣的人」。要是沒有理想，寫出來的東西就會模糊不清。用貓咪的影片來吸引人追蹤，一點意義也沒有。

你發什麼樣的文，就會吸引到什麼樣的讀者

那該怎麼做，才能吸引符合「願景」的讀者前來追蹤？

使用推特時，我發現到一件事情。

那就是，在推特的世界，有**「鏡子法則」**運作著。在推特上寫「你好」，別人就會回「你好」；寫「笨蛋」，別人就會回「笨蛋」。就像是「鏡子」一樣，你寫什麼，別人就會回什麼。

如果你悶悶不樂，在推特上寫了負面的東西，就會吸引到情緒負面的讀者。

「搞什麼鬼，你們不准過來！」這樣的推文越多，越會吸引到，會說

在推特的世界有個「鏡子法則」

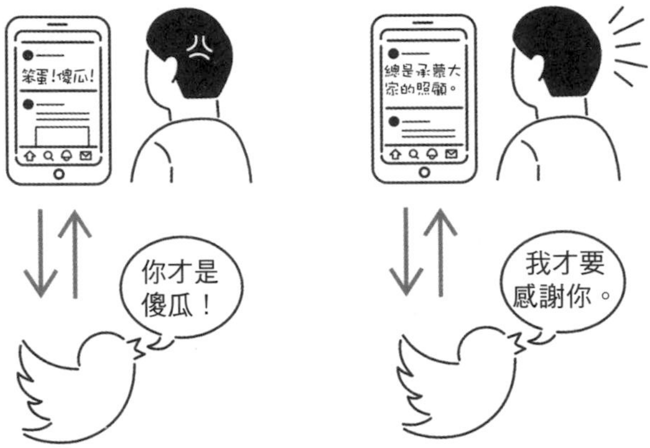

「搞什麼鬼」這種話的人來。

換句話說，「跟發文內容相近的人」會聚集而來。也就是說，想吸引高素質的追蹤者，發高品質的文章就對了。

我想結識撰稿人和編輯，所以發文的內容都跟寫作有關。這樣做，能讓想獲得這類資訊的人前來。

想獲取某個領域的資訊時，就針對這個領域發文，如此一來，那樣的資訊反而會匯集而來。比方說，想蒐集跟轉職相關的資訊時，就試著寫一些自己已知有助於轉職的資訊。可以的話，以自身經驗為依據是最好的，不過用書本上或調查而來的資訊也無妨。一旦有用的文章越發越多，相同屬性的人就會聚集而來，反而可以得到更多有關轉職的資訊。

發文的內容，會決定追蹤者的素質和屬性。如此一來，**藉由引發網路爭議而獲得的追蹤者，其素質就會跟「喜歡在網路上惹議」差不多。**

有些人可能會覺得，「不在網路上引發爭議，追蹤者是不是就無法變多？」但實際上，根本不需要硬是增加追蹤者人數。而且網路爭議沒有處理好，會造成極大的心理負擔，實在不建議普通人這樣做。

追蹤者一千人和一萬人，誰比較厲害？

比起追蹤者一千人，追蹤者一萬人看起來似乎比較厲害。

但即便追蹤者只有一千人，如果追蹤者的素質高，那個推特帳號就非常有價值。假如那一千名的追蹤者是文案人員、律師或是電視節目的製作人，那個帳號的價值，就會比追蹤者有上萬人的帳號還要高。

想要做到那樣，經營推特帳號的態度，就必須是「抱持願景，平靜發文」，而非「用八卦一夜爆紅」。

「寫優質的內容」、「跟大家分享自己擁有的知識」，抱持這樣的精神經營推特，回過神來，追蹤者人數已成長到近千人。而且那應該都是素質很高的追蹤者。

你的推特，要像一本「有趣雜誌」

想吸引高素質的追蹤者時，必須特別注意的地方是，要以成為「有趣雜誌」一般的帳號為目標。

所謂「有趣雜誌」，指的是目標讀者群明確，內容豐富充實，能從中

獲得有用資訊的東西。要以成為那樣的推特帳號為目標。

常常有人老是「轉推」自家公司的廣告宣傳或業界新聞。用雜誌來比喻的話，就是「整本都是廣告的雜誌」，就像是沒有內容的免費雜誌。如果是以過濾網路資訊的「策展力」為賣點的話，當然另當別論。但轉推這種事誰都會，很難做出差異化。

發文不要光是轉推，發布的東西要有內容。自己「真實的想法」，比轉推別人的推文要有價值多了。

那具體來說，該發什麼樣的推文？雖然有些跟前面提到的技巧重複，這裡我還是想重新整理一次。

① 內容要以一百四十字「了結」

好讀的推文，內容一百四十字就「了結」了。

就算不看前後的推文，不知道發文的人是誰，也看得懂推文在寫什麼。這樣的推文才會讓人覺得「這寫得真好」，有更多人分享。

推特就像是在路邊跟不認識的人搭話，對方不清楚我方的背景。因此，發文時要留意，文章的內容，要能夠讓不認識自己的人產生興趣。

順帶一提，把一百四十字的推文寫得越滿，越能吸引人閱讀。可能是因為用手機看推文時，文章占滿整個螢幕很有效果，內容看起來很充實。把推文寫得滿滿的，能一時吸引讀者的注意，讓人心想「這是在寫什麼東西？」不自覺開始閱讀起來。

②看第一行，就知道內容在講什麼

前面不斷強調，文章開頭很重要，推特也不例外。而且，**推特的世界更嚴苛，零點幾秒就決定了文章是否會被點開來看**。

因此，請試著在文章的第一行下點工夫，讓人一看就知道「喔喔，這是在講有關〇〇〇的文章」。

③ 以半徑三公尺以內的事情為主題

跟讀者切身相關的主題，大多反應佳。比起「《民法》修正云云」等寫得艱澀難懂的內容，「究竟能否實現夫妻別姓？」這種貼近日常生活的主題，比較能吸引讀者的注意力。試著思考一下，想討論的東西，能否以半徑三公尺以內的主題來談。

④ 想應用到生活中的知識

這個效果最好。**人人都想知道有用的知識。**所以把自己知道的知識，寫成文章發布出去，文章被閱讀的機率會提升非常多。

⑤ 有能夠勾起喜怒哀樂的點

讀者喜歡看情感豐富的文章。人畢竟對他人的情緒很敏感。請確認一下你寫的文章是否富含情感，像是喜怒哀樂，而不是只有資訊。

最後，可能會讓大家有點意外的地方是，**發文時，重點不在決定「寫什麼」，而是想好「不要寫什麼」**。

發文時，總會不自覺地想跟風，寫藝人外遇或是社會熱門的話題。但那個時候，必須停下腳步來思考，「那是這個帳號應該傳遞的資訊嗎？」你的推特帳號是什麼樣的雜誌？主要是討論什麼樣的主題？必須回歸初衷好好想一想。

關鍵就在於，決定好自己的定位，不讓自己走偏、勿忘初衷。

找到「屬於自己的位置」

推特上有各種資訊和內容，在那裡寫什麼東西才能引人注目？答案是，掌握推特的整體樣貌，思考看看要發什麼樣的文章。

比方說，我的推特帳號，之所以是以寫作技巧為主軸，是因為推特上「很少有編輯在寫跟寫作技巧相關的文章」。

推特上有好幾位知名的編輯，但他們不太發有關寫作技巧的推文。所以那個時候我就想說，如果站在編輯的立場，在推特上寫有系統的寫作術，應該多多少少能吸引人注意。

「這個位子是空的，看看能不能攻占下來」，這種尋找利基市場的發想非常重要。只要找到自己才做得到的事情，之後做起事來就會輕鬆很多。請停下來思考看看，發什麼樣的文章才可以吸引到人。

打造讓人信任的個人檔案

想要增加符合自身願景的追蹤者，帳號的個人檔案是一大重點。就算推文寫得再好，如果個人檔案普普通通，別人就會覺得「推主是什麼樣的人？總覺得怪怪的」，而不願意追蹤。

所以最重要的就是，製作一個可以清楚認識你的「個人檔案」。

那個人檔案該怎麼寫？

從結論來說，重點就在於把以下三點放進個人檔案裡。

①可信度　②內容　③亮點

為什麼是這三點？

請你想像一下，跟人初次碰面時的場景。

你應該會先觀察對方，「這個人應該不是壞人」。接著，觀察對方的外表，例如服裝和髮型等等。然後，探問對方「您是做什麼的」。確定沒有可疑的地方，第一個關卡**「可信度」**才算破關。

接下來，是否要更進一步的來往，則是視「這個人能否為自己帶來好處」而定。

比方說，有沒有自己想知道的資訊？是不是擁有自己想得到的東西？

或是相處起來是不是很輕鬆自在？是否願意傾聽？這些也算是好處。也就是這個人提供的**「內容」**，是不是自己想要的。

最後是**「亮點」**。如果能讓人覺得你值得信賴，可以帶來好處，而且還讓別人覺得「原來還有這麼風趣的地方」，就能讓彼此的距離拉得更近。這個時候，讀者比較接近是「粉絲」，而不只是「追蹤者」。

實際見面時，可以用「可信度、內容、亮點」這三點，來拉近彼此的距離。在社群網路上，也可以用相同的方式拉近彼此的心。**在社群網路上，個人檔案是與他人「初次見面」、展示第一印象的窗口，可以說是能否吸引人來追蹤的「試金石」。**

舉例來說，我的個人檔案，如下頁圖所示。

①可信度

寫出「真實姓名」加上「公司名稱」，為個人檔案的可信度做保證，同時也寫上過去主要的工作內容，證明自己不是什麼可疑人物。

值得信賴的個人檔案（作者的範例）

竹村俊助／編輯

@tshun423

株式會社WORDS董事長。職任顧問編輯，協助企業經營者行銷。曾任職於中經出版、星海社、鑽石社等出版社，爾後獨立創業。過去編輯和撰寫過《筆記的魔力》（前田裕二）、《經營福岡市》（高島宗一郎）、《創意，從計畫開始》（水野學）等書。在社群網路時代不斷探求「能精準表達的文章」。喜歡馬鈴薯沙拉。

可信度

亮點

內容

② 內容（專業性）

表明「追蹤這個帳號，可以得到這樣的資訊喔」。我個人檔案那樣寫，就是希望讀者覺得「追蹤這個帳號，或許可以學到社群網路時代的寫作技巧」。

③ 亮點

這算是要小手段，我會在簡介裡放入亮點，像我是寫「喜歡馬鈴薯沙拉」。這裡寫得越具體越好，比如，「喜歡Calbee的薯條」，會比「喜歡吃零食」要來得討人喜愛。

打造你在網路上的「人格」

如果透過個人檔案，能讓人明白了解「自己是怎麼樣的一個人」，你網路上的「人格」就誕生了。只要每天不斷發文，在追蹤者心中，「你」這個人格，就會越來越清晰。

比方說，有在玩推特的人，應該都知道知名推主@IHayato和@ha_chu的名字。即便沒有實際見過面，你如果問「@IHayato是怎麼樣的人？」，他們的追蹤者應該會回答：「他是講話很精闢的人。」明明一次也沒見過，卻有辦法回答。那是因為他們在追蹤者的腦中建構了人格。所以，請先在另一個世界，即網路世界裡建構你的「人格」。只要人格建立好了，就會自己不斷發展出去。

最理想的狀態就是，「說到〇〇〇」大家就會想到你的名字。例如，

「說到熟知甜點的撰稿人，會想到誰？」「說到能淺顯易懂地說明經濟時事的學者，會想到誰？」「說到熟悉東京地價的人，會想到誰？」只要談到某個領域，大家就能想到你，就代表你網路上的人格已經成熟，應該也會有好工作找上門。而個人檔案寫得好，也能建立起自我品牌。

CHAPTER 5 重點整理

這樣做，可以養成寫作習慣

01

在挑戰寫長文前，先用推特「練習書寫」。

02

把自己當作是「總編輯」，決定發文的內容和概念。

03

不斷嘗試，不斷失敗。而失敗次數越多，越能夠掌握自己應該要寫什麼樣的主題和文章特色。

04

創建兼顧「可信度、內容、亮點」的個人檔案。

專欄

十個專注寫稿的必勝法

我的工作必須寫超過一萬字的網路文章，和將近十萬字的書稿。而說到寫長篇文章的訣竅，最重要的就是，承認**「自己意志力薄弱」**。沒有人能夠悠哉地打開電腦，然後文字就如泉水般不斷湧出，一寫就是三個小時，還說「哎呀呀，今天大概寫了一萬字呀」，只有村上春樹才能做到這樣。

大部分的人，都是一打開電腦，就先跑去看推特或臉書，花了大概一小時在無關緊要的事情上，才驚覺「啊啊，要趕快寫稿子」，不斷地寫一行刪一行，重複到最後覺得很煩，又回去看社群網路。

因此，必須花點巧思「讓意志力薄弱的自己動起來」。

・有多少時間能集中精神？
・在哪裡能集中精神？
・聽什麼音樂能集中精神？

重點在於隨時「監控」自己，為自己營造最佳環境。所以接下來，就為各位介紹我找到的**「十個專注寫稿的必勝法」**。

1 睡好睡飽

我一天要睡八個小時。

寫作是需要動腦的工作。如果頭腦不清晰，就沒辦法把事情做好。「睡覺」是最簡單且最強的方法。好好睡一覺吧。

2 遠離網路

稿子遲遲沒有進度，大半都是因為「被稿子以外的東西分散掉注意力」，而非「因為稿子陷入膠著狀態」。「我得回個信」、「剛才的推文反應還不錯」，這些事情使工作的進度落後。所以必勝法就是，**「讓自己處於只能思考那份稿子的環境」**。

我非常推薦Pomera的數位打字機。然後，只放入要整理的原稿資料，盡可能把手機放在家裡，到外頭作業。強迫自己處於「只能思考稿子的事」的狀態就對了。

3　把工作內容拆解細分

把幾萬字的長篇文章，拆解細分成小小的項目，完成一個項目就劃掉一個項目。將目次（文章的整體結構）印出來，把完成的項目用紅線劃掉。最好把工作細分成，十分鐘左右就能完成的項目，以從中獲得「成就感」。

4　了解人本來就無法長時間集中精神

撰稿過程中，除了思考文章的架構安排之外，沒有意識到的選擇也非常多，像是要打逗號停頓一下語氣嗎？要用「但是」還是「然而」？大腦其實比想像得還要疲勞。

所以必須讓大腦適度休息，一步步地往前進行。最好不要衝太快，讓大腦過熱。而且幾乎沒有人能夠長時間集中精神。

5 提不起勁時，就去散散步

我寫作時，總是重複著「寫兩小時，休息約一小時」的循環。雖然說是「寫兩小時」，但並不是兩小時都一直集中注意力，注意力不可能一直集中。總之那兩小時，我會打開電腦寫稿，就只是那樣而已。

休息的時候，可以去散步或吃飯。畢竟，兩小時一直盯著稿子，到後頭大腦幾乎是停止運轉了，一直坐在電腦前也沒什麼意義。只要你感覺到大腦停止運轉，就站起來動一動。先休息一下，讓大腦恢復後，再重新開始寫稿。

6 到有點吵雜環境的環境

就我個人的習慣，若真的想集中精神，我會跑到人多吵雜的咖啡店去工作。如果受到其他桌客人說話聲的影響，我會聽音樂。但基本上我不太會聽音樂。因為在有點在意他人對話和視線的狀態下寫稿，**不在意周遭的力量，最後可以變成集中注意力在原稿上的力量。**

另外，有時我會決定好「撰稿的進度」，然後跑到像Renoir這類價位有點高的咖啡店。一旦無法集中精神在稿子上，或是想回家時，也會因為覺得「不行不行，都花七百圓了，一定要坐到回本才行……」硬是逼自己寫些東西出來。

7 想好完稿後要來做什麼

換句話說，也就是犒賞自己。就像是吊一根胡蘿蔔給驢子一樣，「寫完之後去喝一杯」、「寫完之後去做桑拿浴」等等，用喜歡的事物來激勵自己。

8 對外公告截稿日

這個方法可能最有效。沒有截止期限，人根本不會有任何動作。所以跟別人宣告截稿日吧。跟客戶說「幾號之前寄給您」，或是在社群網路上自我公告截止日。這樣做可以為自己帶來相當程度的壓力。

9 先想辦法完成稿子，品質再說

「不要要求完美」，寫完後都可以再修改，所以先想辦法「把稿子寫完」。只要不要想一次就做出完成品，就不會因為努力過頭而用盡氣力，稿子可以寫得很順。就像是漆器整體要多次塗漆，原稿的品質只要不斷改善就行了。

10 總之先忍耐一下，寫個五分鐘

寫不出來，只不過是內心覺得「寫作好煩」而已。

有東西可以寫卻寫不出來時，不是因為「寫不出來」，而是「不想寫」。不想寫，所以跑去看電視；不想寫，於是滑手機；不想寫，因此跑去喝酒。

你需要的，只有這麼一句話，**「好了快動手寫。」**

有時我也會因為不想寫，而跑去看推特。但那可不是一邊滑手機，一邊想「要發什麼樣的文好呢？」的時候。所以我也是不斷跟自己說，「好了快動手寫。」

開始寫幾個字之後，「寫作好煩」的想法就會消失不見。把網路切斷，面對稿子吧。**不是因為有動力，才動得起來，而是動起來之後，才有動力。**順序是反過來的。

第 6 章

寫作，可以改變人生

開始寫，就對了！

一個最有利於「寫作高手」的時代

為了讓覺得「寫作好痛苦」的你能輕鬆點，我在前面說明了各種寫作的知識和技巧。

在最後一章，我想給予「寫作好痛苦」致命的一擊，說明在這樣的時代，寫作能帶來什麼好處，以及為何「寫作」能成為利器。

我認為，當代是對「會書寫的人」來說，最有利的時代。

為什麼？

在不久前，想認識別人，幾乎只能「面對面」。比方說，透過朋友或熟人的介紹來認識。或是，藉由聚會或派對來認識。然後彼此寒暄，交換名片，自我介紹「我不久前辭掉工作，現在是自由撰稿人」。大概是這樣。

這種情況，對「會說話的人」比較有利。

如果是初次見面就能娓娓道來的人，「我最近打算寫這種主題的書，方便的話可以拜訪貴司嗎？」健談的人能得到很多好處。在過去，擅長「說話」的人占絕對優勢。

但現在，**「透過文字初次見面」的情況越來越多。**

最近的「初次見面」，大多發生在網路上，例如：社群網路、電子郵件或是通訊軟體等等。在跟真人實際見面之前，會先有「文字上的接觸」。也就是說，「文字上初次見面」的機會增加。

這樣的時代有利於會書寫的人，而不是會說話的人。大家一開始都會先用文字來判斷，「那個人好像蠻有趣的」。現在會寫作成為優勢，可以說是屬於內向者的時代。

未來的發展越來越有利於「會書寫的人」。

內向者也能用文章來打「敗部復活賽」

你有沒有做過這種事？

假設你跟某人第一次見面，見了面之後，你心想「他是個怎麼樣的人？」就在網路上查看對方的推特或臉書。假如上頭盡是炫耀自己，或是批評別人這類負面的發文，你應該會覺得「啊，跟他保持距離好了」。

相反的，即便「我好像對那個人沒什麼印象」，卻因為湊巧逛到對方的社群網站，仔細一看，發現「哇，沒想到他這麼會寫文章」，覺得對方「寫的東西蠻有趣的，而且追蹤者有三萬人」。

我在現實社會算是相當內向的人，不太是會努力討人歡心的個性。如果說給人的印象是強烈還是薄弱，應該是偏薄弱。即便如此，我卻能寫出清晰易懂的文章，發到社群網路上也能得到不錯的迴響，強化印象。

也就是說，給人的印象薄弱、不擅長說話的人，也能在之後「用文字進行溝通」，來打「敗部復活賽」。

「想宣傳一下自己，卻不敢站上前去」、「有真正想做的事，卻不敢說」、「表達能力不好，不擅長做簡報」，過去這樣的人有苦難言。但現在，只要透過書寫來挑戰，就有機會反敗為勝。

在眾人面前也能談笑自若，跟每個人都能結為好朋友，講話風趣，隨時都能侃侃而談……

要做到這樣，某種程度上，是拜與生俱來的個性和才能所賜。除此之外，可能也受到出生的環境和教育很大的影響。

而「寫作」能力，可以透過後天的訓練來取得。大家小時候的書寫能力，應該沒有太大的差距。所以只要掌握到本書所提及的寫作小技巧，就能提升你的寫作能力。

「書寫溝通」的力量深不可測

書寫溝通除了「替代說話溝通」之外，還有許多好處。

其中一個就是**不受時間和場所的限制**。

屏除錄影、錄音的型態，「說話」溝通的時間和場所是固定的。但文字則不受時間和場所的限制，隨時都可閱讀。大家可以在通勤或午休時間，快速閱讀過去。

第二個好處是，**讀者再多也不會緊張**。

說話溝通時，前面人越多越容易緊張。這跟網路直播是一樣的。

一想到「螢幕另一頭有幾百人、幾千人在觀看」，就覺得好緊張。但文字不會發生這種事。就算文章有幾萬人閱讀，內容也不會有任何改變。

第三個好處是，**文章會自己傳播出去**。

文章可以簡單地複製貼上，也能透過社群網路快速傳播出去。不必拼命「跑業務」，只要內容寫得夠好，文章自己就會傳播出去。

而且文章寫完放到網路上，在那之後不必做什麼，文章自己就會幫自己跑業務。**文章只要寫完，就會二十四小時、三百六十五天「自己展開行動」**。

「書寫」優於「說話」的時代到來。

在那樣的時代，能夠透過「書寫」，在文字溝通上取得優勢的人為勝者。那些覺得「我很內向，沒辦法表達自己的想法」、「我不擅長說話，沒有機會大展身手」，覺得自己是這樣的人，翻轉命運的機會來了。

只要鍛鍊寫作能力，就能增加你的影響力。

不好好表達，就沒人聽你說話

在不久之前，日本人看著同樣的電視節目，聽著一樣的音樂，獲得相同的資訊。「上班族」在公司上班，「主婦」在家做家事。在那樣的時代，不需要寫東西來表達自己。走在鋪好的道路上，自然就會通往好地方。

但現在是「多元化」的時代，各種不同的想法、不一樣背景的人揉雜在一起。以往的「業界」框架開始崩解，所謂的「常識」也越來越行不通。在這樣的環境下，走在既有的軌道上，也不知道會通往何處。

正因為如此，我們更需要透過「書寫」，來展現自己的存在。**不好好**

表達，就沒人聽你說話的時代來臨了。

過去的日本，雖然稱不上是「隱藏內蘊為美」。但是在職場上默默耕耘、認真做事是被認為有價值的。日本到現在，還是不太鼓勵員工對外展現自己。我當然並不是否定那樣的想法。

只是，什麼都不做的話，你的努力很有可能不會被看見。在這個時代，透過「書寫」，讓周遭的人知道你的存在，變得更加重要。

用文字表達自己，就是「向世界做簡報」

用文字表達自己，就是「向世界做簡報」。利用推特或臉書，便可以向大眾傳遞資訊、分享你的想法和感受。這樣講可能有點誇張，但現在可以說是「全民簡報時代」。

而在社群網站上發文，或許會帶來意想不到的結果。

在不久之前，要我直接跟電視台或出版社的人做「簡報」，實在很難做到。但現在只要在推特上發文，文章自然就可以讓他們看到。

有時說不定會有知名藝人、大企業老闆、活躍於世界的運動員等等名人閱讀你的文章。如果你想傳達訊息給運動選手，像是達比修有或是本田圭佑，過去可能只能寫信到他們所屬的運動經紀公司。但現在透過推特，就有機會直接把訊息傳遞給本人。像這樣如此充滿可能性的時代，恐怕前所未有。

雖然競爭可能相當激烈，但如果你運用本書的技巧，提升寫作能力，一定沒問題的。請一定要挑戰看看「簡報自己」，實現你的夢想。

讓大家認識你，工作自己找上門

在網路上，只要寫明自己是「這樣的一個人」，就有機會讓工作自己找上門。

在我開始經營社群網站後，有越來越多的工作機會找上門，「竹村先生很擅長這個，您適合做這方面的工作。」

這本書的合作邀約也是這樣來的。此外，我之所以會編修企業經營者的note部落格內容，也是因為有人前來邀請「您要不要試試這份工作」。在嘗試經營社群網站後，發現比預期順利，因此拓展了工作的廣度。

很多時候，「自己認為擅長的事情」跟「別人希望你做的事情」常常不一致。雖然我「想編書」，別人卻告訴我「你去寫note部落格，可以發展得更好」。最了解你的人，或許不是「自己」，而是「他人」。

「書寫」的最大好處，就是帶來改變人生的機會。別人能告訴你，什麼是你應該做的，你在什麼領域上能做出貢獻。

在網路上讓大家知道你的存在，同時像水母一樣，在市場上漂浮觀察。說不定有人前來邀請合作，「你要不要做做看這個？」「可以請你幫忙嗎？」

在企業和國家都不可靠的時代，只有自己能守護自己。透過書寫，讓別人知道你的存在，某種程度上算是拉起「安全網」。

能像顧問一樣從事「知識勞動」

學會寫作後，你也能像顧問一樣，從事「知識勞動」。

舉例來說，假設你擔任房仲。一般的業務工作，無法拓展你的世界。但如果你在網路上寫些「如何看房」、「未來哪裡的地價會漲」、「今後東京地價的趨勢」這樣的文章，你已經做了非常好的「顧問諮詢」了。

只要把擁有的知識寫成文章，自己的價值就會大幅增加，成為各方爭奪的人才。

網路世界沒有「業界」的區隔。

所以，在網路上發布文章，就能吸引完全不同產業的人前來提合作。

在自己的業界是「常識」，對其他產業來說，卻具有「顧問諮詢」的價值。

我寫的文章，都是出版界裡的常識。比方說，「作者想說的和讀者想聽的不同」，這個概念也是許多編輯給我的建議。但是把這些常識寫成網路文章，業界以外的人就能獲取這些「新發現」。

單純地擁有知識，只能在業界活躍發展。但寫成文章傳播出去，你的市場則會擴大十幾倍。

副業、複業，也都必須從「書寫」開始

現在是看不見未來的時代。「想試試副業」的人應該也不少。

對此我的建議是，試著**把在本業累積的知識和技巧寫成文章**（當然有些情況必須取得許可）。

有些人可能很謙虛地說：「我做的工作沒什麼特別的，寫不出東西。」但就像我前面所說的，對自己來說很理所當然的事情，對一般人來說卻很新鮮、有價值。

在公司做會計做了十年，那個人就有十年份的價值。如果有人因為那位會計的建議，節稅省下了一百萬日圓，因而得到了好處，那位會計就有機會收取幾萬日圓的顧問費。從事照護工作十年的人，如果將照護的知識技巧公開出來，應該能幫助到許多苦於照護的人。那樣的價值可能難以估計。

資訊可能是以無償的形式流傳，但資訊濃縮了那個人的知識和經驗，非常有價值。

而且，將資訊作為商品販賣的職業，其實比想像得還要多。

比方說醫生。除了進行外科手術這類的醫生以外，以做診療開處方為主的醫生，都可以說是在「販賣知識和資訊」。診察病徵，然後運用自己所有的知識，最後決定「就開那個藥好了」。醫生並未直接動手，也沒有開發藥物，就只是做選擇而已。病患付的診療費是「資訊費」，也可以說是「顧問費」。

以販賣資訊和知識為職業的人很多，醫生、不動產業、律師、稅務師等師字輩，政治家、投資家也算是。許多職業都在販賣知識、資訊和經驗。

我想說的是，單純「打字」誰都會，看起來似乎沒什麼價值，但其實完全不是那麼一回事。

每個人都擁有各種不同的知識和經驗。那些知識都存放在腦裡，所以才看不到它們的價值。如果能用任何人都能理解的方式傳達清楚，應該就會有人「願意付費了解」。

任何人都有「只有自己才寫得出來的東西」

我在第一章提到，「不必寫自己的事情」、「先取材，寫身邊的事」。

只不過，**如果取材的對象是「自己」，就可以寫寫自己的事情。**

很多人都說「我自己根本沒有什麼好寫的」、「沒有可以吸引人閱讀的事情可以寫」。但任何人都有「只有自己才寫得出來的東西」。

我以前訪談過牛郎店的老闆。對方最初說，「我們沒有什麼對您有幫助的故事可以談。」

但牛郎店的老闆，必須管理十到二十位左右的年輕人。教育過去不受拘束、任意而為的年經人，讓他們學會討客人歡心。

那時我正好在煩惱如何帶團隊，所以就問對方「該怎麼管理團隊？」結果對方這樣回答我。

「首先要建立團隊的『文化』。文化一旦建立起來之後，就算有新人進來，也能馬上熟悉公司的文化。所以先建立起組織的文化就對了。」我又接著問：「那組織的文化，又該怎麼建立？」他回答：「先找兩個人當心腹，然後隨時三人行動，營造屬於三個人的職場氣氛。把自己心裡想的事情，全跟那兩個人分享。這樣公司的文化，就會在不知不覺中形成。」

先建立起三個人的文化，建立起來之後，大家自然就會染上那個文化的色彩。雖然是牛郎店的例子，但這個技巧非常有價值，可以應用到各種不同的組織上。

我們無法知道，自己擁有的資訊有多少價值。**自己覺得「很棒」的內容，對其他人來說卻沒有那樣的價值。或是正好相反，你覺得「寫這麼普通的事情有意義嗎？」周遭的人卻覺得非常有趣。**

我邀請知名的創意總監水野學，針對「如何制定計畫」寫一本書時，他說「題目很有趣，但我擔心這樣的內容可能成不了一本書……」但是我向他請教自己做計畫的煩惱時，他的回答又直搗核心且精闢。我就跟他說：「這主題絕對可以寫成一本好書！」

結果，《創意，從計畫開始》這本有趣的書就誕生了。

文字濃縮了「人生閱歷」

資訊確實是多到溢了出來。但是從你的角度，以你的人生閱歷為基礎，所寫出來的文字，一定是「獨一無二」的，很有價值。

比方說，漫畫家望月壽城能用十秒鐘快速畫圖。雖然畫的時間只有十秒鐘，但望月壽城過去的人生，全部都濃縮在這十秒鐘裡，所以那十秒鐘是有價值的。別人就算有辦法畫出一模一樣的東西，也沒有那樣的價值。雖然委託網路上的低價業者，說不定五百日圓就可以畫出相同的東西。但如果是由望月壽城來畫，則要上萬日圓。因為「由望月壽城繪圖」這件事情，具有價值。

文字也是一樣。同樣是說「人生真是美好」，從五歲小朋友口中說出，跟出自九十歲老人之口，意義不同。九十歲的人所說的「人生真是美好」，濃縮了九十年間各式各樣的經歷。即便只是幾個字，說的人不同，效果也大不同。

游泳選手岩崎恭子，在十四歲的時候曾說：「我活了這麼久，現在是我最幸福的時刻。」正因為那句話是從十四歲的孩子口中說出來，所以很有趣。如果同一句話，是由五十多歲、累積了不少經驗的人說出來，大家可能只會覺得「嗯對啊」。然而，那句話是十四歲孩子所說的，所以才受到矚目。

文字濃縮了那個人的「人生閱歷」，讀者應該能感受到那文字的厚度。絕對沒有「我寫的東西沒有價值」這回事。

不斷書寫，持續「給予」

有些人會擔心「我把知識和資訊寫成文字，不會被抄襲嗎？」但我認為不必太擔心。理由就像我剛才提到的，跟資訊本身相比，「由那個人所寫的」才有價值。

假設你一邊工作，一邊帶三個小孩。每天工作還必須做家事，實在很辛苦，所以開發出「備餐食譜」。如果把那個「備餐食譜」，放到網路上公開出去會怎樣？

食譜是免費的資訊，當然有可能會被複製轉傳到其他地方。但被複製轉傳的內容，不是由「一邊工作一邊帶三個小孩的你」所寫的，只是記載著食材分量和步驟的單調食譜。

因為文章是由「一邊工作一邊帶三個小孩的你」所寫的，才具有價值。說不定因為文章被複製轉傳，食譜傳播得更遠、有更多人看，使你個人的品牌價值提升。

這樣講可能有點誇張，但我認為「書寫，能讓人類往前邁進」。

「我把這個寫出來告訴大家，至少讓世界往前邁進了〇．〇一公釐」，我抱著這樣的使命感書寫，結果非常成功。

重點在於，不要過度期待回報，持續付出。保持著「為他人奉獻」的心情，書寫發布文章。

不要一直想著自己能得到什麼好處，而是思考能為他人做什麼，這樣自己和周遭人都能獲得幸福。

過去是「蒐集資訊」具有價值的時代，但現在則是「傳遞資訊」具有價值的時代。

現在正是從「閱讀者」轉成「傳遞者」的時候。從接收價值的人，變成提供價值的人。雖然資訊的確很氾濫，但能夠提供「高品質資訊」的人還不多。資訊傳遞的市場，絕對還是藍海。

CHAPTER 6 重點整理

這樣做，寫作更快樂

01

「書寫」比說話要來得不費工夫，而且能接觸到更多的人。不斷書寫，持續與人溝通吧。

02

現在這個時代，你寫的內容，將會是與他人的「初次見面」。把自己當作是顧問，試著以專業領域或本業為主題，寫成文章。

03

不要覺得「反正又沒有人要看」、「把資訊免費提供出去太浪費了」，要抱持著讓社會進步○．○一公釐也好的心態。

專欄

如果你是老闆或公關，寫這個就對了

我編過很多本企業家所寫的書。最近也從事為公司老闆寫note部落格、協助訊息傳遞的工作。

在那過程當中，我察覺到**「經營者想傳遞的東西」和「大家想聽的東西」之間有落差**。

其實，比起「有邏輯地說明」公司或服務，「老闆個人的故事或想法」更吸引人。「過去公司曾快倒閉的甘苦談」，比聊「抽象的企業理念」更受歡迎。

出乎意料的，我們不知道自己的強項和魅力在哪。如果希望顧客成為自家公司的粉絲，想提升知名度，我的建議是，**比起花上百萬日圓自費出**

書、去上出版講座，不如在note這類部落格（自媒體），寫寫接下來要介紹給各位的主題。而且花費為零，成本效益比最高。

企業的經營者或公關，都可以寫寫看這類主題。

接下來我就一一來說明。

1 創業的契機

公司創立時，背後一定有「故事」。人們會受到故事的吸引，所以寫作時一定要說點故事。

有很多忠實粉絲的公司，大多都把故事跟許多人分享。比方說，大家都知道，賈伯斯曾被蘋果公司趕出去，而臉書是以大學生的社群服務起家。請一定要講講，屬於你們自己的故事。

2 創業之後遇到的最大困難

說故事時，總是不自覺地大談「成功經驗」。例如，「公司成立以來，不斷成長，顧客也大幅增加，甚至在〇年後，成功於東京證券交易所的Mothers創業版上市」。說故事時，很容易一直講成功經驗，但這方面的故事不太能吸引到讀者。

相對於成功經驗，不如來寫甘苦談、失敗經驗。像是「雖然成立了公司，但客戶數卻是零。我好一陣子都去玩柏青哥」、「公司原本一帆風順，卻受到不景氣的影響，差點破產，有一段時間我每天都在吃泡麵」。大家會把甘苦談、失敗經驗，視為「跟自己密切相關的事情」，因此容易取得讀者的共鳴。

3 克服困難，讓經營走上軌道的故事

有許多失敗經驗的公司很有趣，但光是這樣，很難讓人上門邀請合作。所以，除了失敗經驗外，也可以寫寫讓公司谷底回升的轉折點、克服困難的故事，也就是公司**從危機中浴火重生的故事**。如何跌倒又站起來，這非常能抓住人心。

4 商品或服務誕生的祕辛

1到3談的是公司的故事，但我們也可以聊聊各個商品或服務誕生的故事。

寫的時候，不要有邏輯地說明「商品好的地方、優點」，而是要說出**能讓眼前浮現出畫面的故事（就像是影片重播那樣）**。例如，「我太太說：『食譜網站一點也不有趣。』所以我就想說，來把食譜做成影片好了」，或「雙親突然過世，打掃老家非常辛苦，那讓我開始思考，代客打掃的服務有沒有市場」等等。

5 「希望未來能促使這樣的世界成真」

分享了1到4的內容後，對公司有興趣的人也會跟著增加，接著就可以來談談理想了，「希望未來能促使這樣的世界成真」。談「公司所描繪的理想未來」時，也會連結到公司的理想和創業理念。

談理想時，不要用「數位科技結合傳統技藝，為客戶提供解決方案」這種「生硬」的寫法，要以**「想要創造出一個，人人都能輕鬆傳遞訊息的世界」，這種任何人都看得懂，「柔和」的筆調較佳**。

寫作，不是「由上往下」

貫穿1到5的**重點是「右腦、溫度、情感」**。右腦，也就是引起感性和視覺腦的共鳴。提醒自己要寫出，就像割到會流出血來那般「有溫度」的文章。文章的寫法，要追求的不是理論、邏輯，而是打動人心。

在社群網路的時代，手機的另一頭是「軟趴趴地躺在床上、活生生的人」。平常穿西裝打領帶努力工作的人，週末或在家時，就會變回穿著便服的生活者。你的文章是要給這樣的人看。這樣的主題，在社群網路時代做宣傳時尤其有效。

另外，書寫方式應該要主觀而非客觀。也就是說，不要寫「我們有這樣的服務」、「可以為您帶來這樣的好處」，書寫方式要像這樣：「我之所以從事這行是因為，我覺得如果有這樣的服務，一定可以讓大家更快樂」，或是「身邊有人有這樣的煩惱，所以我投入了這項服務」。**在社群網路時代，大家想聽「老闆」或「公司員工」說話，而不是「公司」的豐功偉業。**

順帶一提，「我告訴你啦」這種高高在上的態度，很難吸引到粉絲。相反的，「讓我們攜手同行」、「我想幫助別人」，站在這種立場的人比較受歡迎。這應該不僅限於社群網路才對。因此，「商品銷路好差，請大家幫幫我！」會比「這商品厲害吧」還要來得有效。「請大家一起幫我想想看，要怎麼做才賣得出去」會比「請幫我轉推出去！」更能吸引大家的注意。「大家覺得A和B兩個設計，哪個比較好？」這樣問也很有效果。要記得，**不是「由上往下」，而是跟大家「一起」進步，這樣的態度相當重要。**

後記

用文字，改變世界

看到這裡，各位有什麼樣的感想？

歡迎利用這本書介紹的知識技巧，提升你文章的品質。每天只要做一％就好。持續不斷，三年後你一定可以抵達意想不到的地方。

只要「模糊不清的文章」變成「淺顯易懂的文章」，便能打動人心。讓大家理解自己的想法和心情。

一旦「沒人看的文章」變成「大家都愛看的文章」，事業一定會越來越成功。東西銷售佳，商店或活動便能吸引到許多顧客上門。

當「無趣的文章」變成「有趣的文章」，光憑文字就能讓人感到開心，也能為完全不認識的人帶來勇氣，因此孕育出價值。這些都是非常厲害的事情。

能寫出有趣的文章，就代表有辦法「內容化」。

這是我個人的看法，我認為社會上各種資訊，都必須內容化。無論是廣告、宣傳還是商品說明等等，所有東西「若無趣就沒人想看」的時代已經到來。那個時候，能產製出內容的人極具價值。

任何人，現在馬上，都握有可以改變人生的方法。

而那個方法就是「書寫」。

舉凡電子郵件、企劃書、委託書、報告、會議紀錄、履歷、推特、部落格、臉書的發文等等，人生各種不同的場合，都會遇到必須書寫的時候，那時若能寫出高品質的文章，人生就會「往上修正」。

一則訊息就能改善人際關係，一份企劃書就能帶來莫大利益，一篇部落格文章就能推動世界運轉。那樣夢想般的事情，是有可能實現的。

無論是政治還是經濟，甚至是人際關係，話語推動著世界運轉。所以，請好好運用文字的力量，為自己開拓出道路。每寫點東西，世界就改變了一點。每寫點東西，你的人生就會換上新的色彩。

現在，你「寫作好痛苦」的束縛已經解開了。

來吧，是起飛的時候了。

*

還沒達成什麼成就的自己，就冠上「作家」的稱號，這樣好嗎……我猶豫了一陣子，但編輯的一番話推了我一把，他說，「覺得寫作好痛苦的竹村先生，是怎麼變得會寫作的？希望能跟您一起製作這本書。」正是這段話，讓這本書得以出版。

這本書提及的寫作技巧，當然都不是我自己想出來的，是我向諸多前人前輩學習，然後以自己的方式彙整而成的東西。假如你閱讀本書，有從這本書學到東西，請務必將學到的知識技巧傳遞給下一個人。

最後我想藉這個機會表達感謝之意。

感謝出版社給予我這個寶貴機會，以及PHP研究所的大隅元給予精闢的建議，讓這本書得以完成。謝謝設計三森健太以及繪圖師FUJIKO，創造出這麼棒的世界觀。

感謝撰稿過程中，提供寶貴意見的柿內芳文、中村明博。謝謝日本實業出版、中經出版、星海社、鑽石社曾照顧過我的上司、前輩、同事、作者和所有相關人士，尤其是指導我如何做出暢銷書的飯沼一洋。感謝協助我整理文章的豐福未波。謝謝提供環境讓我能集中精神的上島咖啡店。

感謝讓我自由發展的雙親，告訴我閱讀樂趣的父親，總是在身邊支持著我的妻子，以及最後，閱讀到這裡的你。

謝謝。

最後的最後，我想要帥一下，送這一句話給大家。

所謂完美的文章並不存在，
就像完美的絕望不存在一樣。

——村上春樹《聽風的歌》

流量寫作密碼

作　　者　竹村俊助
譯　　者　謝敏怡
主　　編　呂佳昀

總 編 輯　李映慧
執 行 長　陳旭華（steve@bookrep.com.tw）

出　　版　大牌出版 / 遠足文化事業股份有限公司
發　　行　遠足文化事業股份有限公司（讀書共和國出版集團）
地　　址　23141 新北市新店區民權路 108-2 號 9 樓
電　　話　+886-2-2218-1417
郵撥帳號　19504465 遠足文化事業股份有限公司

封面設計　張天薪
排　　版　新鑫電腦排版工作室
印　　製　博創印藝文化事業有限公司
法律顧問　華洋法律事務所　蘇文生律師

定　　價　420 元
初　　版　2023 年 7 月

電子書 E-ISBN
9786267305393 (EPUB)
9786267305386 (PDF)

國家圖書館出版品預行編目資料

流量寫作密碼 / 竹村俊助 作 ; 謝敏怡 譯 . -- 初版 . -- 新北市 : 大牌出版,
遠足文化發行 , 2023.07
320 面 ;14.8×21 公分
ISBN 978-626-7305-43-0 (平裝)
1. CST: 寫作法

811.1　　112008238